Hermann Hesse, am 2. Juli 1877 in Calw/Württemberg als Sohn eines baltendeutschen Missionars und der Tochter eines schwäbischen Indologen geboren, 1946 ausgezeichnet mit dem Nobelpreis für Literatur, starb am 9. August 1962 in Montagnola bei Lugano.

»Ich glaube an nichts in der Welt so tief, keine andere Vorstellung ist mir so heilig wie die Einheit, die Vorstellung, daß alles Leiden, alles Böse nur darin besteht, daß wir Einzelnen uns nicht mehr als unlösbare Teile des Ganzen empfinden, daß das Ich sich zu wichtig nimmt«, heißt es in einem zentralen Text dieses Lesebuches, das die Wege und Umwege zeigt, die den protestantischen Missionarssohn Hesse aus dem »Nationalismus« der dogmatischen Konfessionen und Weltanschauungen zu einer überkonfessionellen Religiosität geführt haben. Die hier wiedergegebenen Betrachtungen, ob sie sich nun mit den frühesten Religionen und Mythen der Menschheit, den altägyptischen, chinesischen, buddhistischen, christlichen, islamischen oder den modernen Formen des ideologischen Religionsersatzes beschäftigen, versuchen zu ergründen, »was allen Konfessionen und allen menschlichen Formen der Frömmigkeit gemeinsam ist, was über allen kulturellen und nationalen Verschiedenheiten steht, was von jeder Rasse und jedem Einzelnen geglaubt werden kann.«

insel taschenbuch 2898
Hermann Hesse
Die Einheit hinter den Gegensätzen

Hermann Hesse

Die Einheit hinter den Gegensätzen

Religionen und Mythen

Ausgewählt von Volker Michels

Insel Verlag

insel taschenbuch 2898
Erste Auflage 2002

Hinweise zu dieser Ausgabe am Schluß des Bandes
Vertrieb durch den Suhrkamp Taschenbuch Verlag
Umschlag: Michael Hagemann
Satz: Hümmer GmbH, Waldbüttelbrunn
Druck: Nomos Verlagsgesellschaft, Baden-Baden
Printed in Germany
ISBN 3-458-34598-1

2 3 4 5 6 – 07 06 05

Die Einheit hinter den Gegensätzen

Über die Einheit

Ich glaube an nichts in der Welt so tief, keine andere Vorstellung ist mir so heilig wie die der Einheit, die Vorstellung, daß das Ganze der Welt eine göttliche Einheit ist und daß alles Leiden, alles Böse nur darin besteht, daß wir einzelne uns nicht mehr als unlösbare Teile des Ganzen empfinden, daß das Ich sich zu wichtig nimmt. Viel Leid hatte ich in meinem Leben erlitten, viel Unrecht getan, viel Dummes und Bitteres mir eingebrockt, aber immer wieder war es mir gelungen, mich zu erlösen, mein Ich zu vergessen und hinzugeben, die Einheit zu fühlen, den Zwiespalt zwischen Innen und Außen, zwischen Ich und Welt als Illusion zu erkennen und mit geschlossenen Augen willig in die Einheit einzugehen. Leicht war es mir nie geworden, niemand konnte weniger Begabung zum Heiligen haben als ich; aber dennoch war mir immer wieder jenes Wunder begegnet, dem die christlichen Theologen den schönen Namen der »Gnade« gegeben haben, jenes göttliche Erlebnis der Versöhnung, des Nichtmehrwiderstrebens, des willigen Einverstandenseins, das ja nichts anderes ist als die christliche Hingabe des Ich oder die indische Erkenntnis der Einheit. Ach, und nun stand ich wieder einmal so völlig außerhalb der Einheit, war ein vereinzeltes, leidendes, hassendes, feindliches Ich. Auch andre waren das, gewiß, ich stand damit nicht allein, es gab eine Menge von Menschen, deren ganzes Leben ein Kampf, ein kriegerisches Sichbehaupten des Ich gegen die Umwelt war, welchen der Gedanke der Einheit, der Liebe, der Harmonie unbekannt war und fremd, töricht und schwächlich erschienen wäre, ja, die ganze praktische Durchschnittsreligion des modernen Menschen bestand in einem Verherrlichen des Ich und seines Kampfes. Aber in diesem Ichgefühl und Kampf sich wohlzufühlen, war nur den Naiven möglich, den starken, ungebrochenen Naturwesen; den Wissenden, den in Leiden sehend Gewordnen, den in Leiden differenziert Gewordnen war es verboten, in diesem Kampfe ihr Glück zu finden, ihnen war Glück nur denkbar im Hingeben des Ich, im Erleben der Einheit …

Die Einheit, die ich hinter der Vielheit verehre, ist keine langweilige, keine graue, gedankliche, theoretische Einheit. Sie ist ja das Leben selbst, voll Spiel, voll Schmerz, voll Gelächter. Sie ist dargestellt worden im Tanz des Gottes Shiva, der die Welt in Scherben tanzt, und in vielen anderen Bildern, sie weigert sich keiner Darstellung, keinem Gleichnis. Du kannst jederzeit in sie eintreten, sie gehört dir in jedem Augenblick, wo du keine Zeit, keinen Raum, kein Wissen, kein Nichtwissen kennst, wo du aus der Konvention austrittst, wo du in Liebe und Hingabe allen Göttern, allen Menschen, allen Welten, allen Zeitaltern angehörst.

Wäre ich Musiker, so könnte ich ohne Schwierigkeit eine zweistimmige Melodie schreiben, eine Melodie, welche aus zwei Linien besteht, aus zwei Ton- und Notenreihen, die einander entsprechen, einander ergänzen, einander bekämpfen, einander bedingen, jedenfalls aber in jedem Augenblick, auf jedem Punkt der Reihe in der innigsten, lebendigsten Wechselwirkung und gegenseitigen Beziehung stehen. Und jeder, der Noten zu lesen versteht, könnte meine Doppelmelodie ablesen, sähe und hörte zu jedem Ton stets den Gegenton, den Bruder, den Feind, den Antipoden. Nun, und eben dies, diese Zweistimmigkeit und ewig schreitende Antithese, diese Doppellinie möchte ich mit meinem Material, mit Worten, zum Ausdruck bringen und arbeite mich wund daran, und es geht nicht. Ich versuche es stets von neuem, und wenn irgend etwas meinem Arbeiten Spannung und Druck verleiht, so ist es einzig dies intensive Bemühen um etwas Unmögliches, dieses wilde Kämpfen um etwas nicht Erreichbares. Ich möchte einen Ausdruck finden für die Zweiheit, ich möchte Kapitel und Sätze schreiben, wo beständig Melodie und Gegenmelodie gleichzeitig sichtbar wären, wo jeder Buntheit die Einheit, jedem Scherz der Ernst beständig zur Seite steht. Denn einzig darin besteht für mich das Leben, im Fluktuieren zwischen zwei Polen, im Hin und Her zwischen den beiden Grundpfeilern der Welt. Beständig möchte ich mit Entzücken auf die selige Buntheit der Welt hinweisen und ebenso beständig daran erinnern, daß dieser Buntheit eine Einheit zugrunde liegt; beständig möchte ich zeigen, daß Schön und Häßlich, Hell und Dunkel, Sünde und Heiligkeit immer nur für einen Moment Gegensätze sind, daß sie immerzu ineinander übergehen. Für mich sind die höchsten Worte der Menschheit jene paar, in denen diese Doppeltheit in magischen Zeichen ausgesprochen ward, jene wenigen geheimnisvollen Sprüche und Gleichnisse, in welchen die großen Weltgegensätze zugleich als Notwendigkeit und als Illusion erkannt werden. Der Chinese Lao Tse hat mehrere solche Sprüche geformt, in denen beide Pole des Lebens für den Blitz eines Augenblicks einander zu berühren scheinen. Noch edler und einfacher, noch herzlicher ist dasselbe Wunder getan in vielen Worten Jesu. Ich weiß nichts so Erschütterndes in der Welt wie dies, daß eine Religion, eine Lehre, eine Seelenschule durch Jahrtausende die Lehre von Gut und Böse, von Recht und Unrecht immer feiner und straffer ausbildet, immer höhere Ansprüche an Gerechtigkeit und Gehorsam stellt, um schließlich auf ihrem Gipfel mit der magischen Erkenntnis zu enden, daß neunundneunzig Gerechte vor Gott weniger sind als ein Sünder im Augenblick der Umkehr!

Aber vielleicht ist es ein großer Irrtum, ja, eine Sünde von mir, wenn ich der Verkündigung dieser höchsten Ahnungen glaube dienen zu müssen. Vielleicht besteht das Unglück unsrer jetzigen Welt gerade darin, daß diese höchste Weisheit auf allen Gassen feilgeboten wird, daß in jeder Staatskirche, neben dem Glauben an Obrigkeit, Geldsack und Nationaleitelkeit, der Glaube an das Wunder Jesu gepredigt wird, daß das Neue Testament, ein Behälter der kostbarsten und der gefährlichsten Weisheiten, in jedem Laden käuflich ist und von Missionaren gar umsonst verteilt wird. Vielleicht sollten solche unerhörte, kühne, ja erschreckende Einsichten und Ahnungen, wie sie in manchen Reden Jesu stehen, sorgfältig verborgen gehalten und mit Schutzwällen umbaut werden. Vielleicht wäre es gut und zu wünschen, daß ein Mensch, um eines jener mächtigen Worte zu erfahren, Jahre opfern und sein Leben wagen müßte, so wie er es für andere hohe Werte im Leben auch tun muß. Wenn dem so ist (und ich glaube an manchen Tagen, daß es so ist), dann tut der letzte Unterhaltungsschriftsteller Besseres und Richtigeres als der, der sich um den Ausdruck für das Ewige bemüht.

Dies ist mein Dilemma und Problem. Es läßt sich viel darüber sagen, lösen aber läßt es sich nicht. Die beiden Pole des Lebens zueinander zu biegen, die Zweistimmigkeit der Lebensmelodie niederzuschreiben, wird mir nie gelingen. Dennoch werde ich dem dunklen Befehl in meinem Innern folgen und werde wieder und wieder den Versuch unternehmen müssen. Dies ist die Feder, die mein Ührlein treibt.

Wie bekannt, liegt einem Teil der alten östlichen Lehren und Religionen der uralte Gedanke der Einheit zu Grunde. Die Vielgestaltigkeit der Welt, das reiche, bunte Spiel des Lebens mit seinen tausend Formen wird zurückgeführt auf das göttliche Eine, das dem Spiel zu Grunde liegt. Alle Gestalten der Erscheinungswelt werden empfunden nicht als an sich seiend und notwendig, sondern als Spiel, als ein flüchtiges Spiel von rasch vergänglichen Bildungen, die mit Gottes Atem aus- und einströmend das Ganze der Welt zu bilden scheinen, während doch jede dieser Gestalten, Ich und Du, Freund und Feind, Tier und Mensch nur augenblickliche Erscheinungen, nur flüchtig inkarnierte Teile des uranfänglichen Einen sind und stets in dasselbe zurückkehren müssen.

Diesem Wissen um die Einheit, aus dem der Gläubige und Weise die Fähigkeit schöpft, das Leid der Welt als vergänglich und nichtig zu empfinden und sich, der Einheit zustrebend, davon zu lösen – ihm entspricht als Gegenpol der entgegengesetzte Gedanke: daß dennoch, und trotz aller jenseitigen Einheit, im Diesseits eben doch das Leben uns nur in abgegrenzten, fremd nebeneinander stehenden Gestaltungen wahrnehmbar wird. Trotz aller Einheit ist, sobald dieser andre Standpunkt eingenommen wird, eben doch der Mensch ein Mensch und kein Tier, ist der eine gut, der andre böse, ist die ganze verwirrte und bunte Wirklichkeit eben doch vorhanden.

Für asiatische Denker nun, welche Meister der Synthese sind, ist es ein gewohntes und bis zur hohen Vollendung gezüchtetes Geistesspiel, entgegengesetzte Betrachtungsweisen abwechselnd zu üben, beide bejahend, beiden zustimmend. Aus dieser Übung stammt das Bild, das ich hier gebrauchen will.

Man stelle sich vor: ein paar buddhistische Priester oder Gelehrte führen eine spirituelle Unterhaltung. Sie sitzen beisammen und sprechen, in vielerlei Bildern, davon, daß die sogenannte Wirklichkeit ein Trugbild ist, daß alles Wahrnehmbare nur Schein, alle Gestaltung nur Trug, alle Gegensätze nur kurzsichtige menschliche Einbildung sind, sie lösen die Welt, die sie umgibt und unter der sie leiden, vollkommen auf und festigen in sich den Gedanken jener jenseitigen Einheit, jenes ewigen göttlichen Lebens. Wenn sie das nun zur Genüge getan haben, so kann einer von ihnen, nach einigem Lächeln und Schweigen, den Spruch anstimmen: ›Die Weide ist grün, die Rose ist rot, der Rabe macht kra kra.‹

Dieser einfältige Satz bedeutet, jedem Beteiligten sofort verständlich, nichts anderes als: ›Nun ja, gewiß ist die Erscheinungswelt nur Trug, gewiß gibt es in Wahrheit keine Weide, keine Rose, keinen Raben, sondern nur das ewige göttliche Eine – aber außerdem ist für uns, die wir vergänglich sind und im Vergänglichen leben, dies Vergängliche auch Wirklichkeit, ist die Rose rot, macht der Rabe kra kra.‹

Jener Standpunkt nun, für welchen die Rose eine Rose, der Mann ein Mann, der Rabe ein Rabe ist, für welchen die Grenzen und Formen der Wirklichkeit feste und heilige Gegebenheiten sind, jener Standpunkt ist der klassische. Er anerkennt die Formen und Eigenschaften der Dinge, anerkennt die Erfahrung, er sucht und schafft Ordnung, Form, Gesetz.

Der andre Standpunkt dagegen, der an der Wirklichkeit nur den Schein, nur das Wandelbare sieht, für den der Unterschied zwischen Pflanze und Tier, zwischen Mann und Frau höchst zweifelhaft ist, der bereit ist, jeden Augenblick alle

Formen sich auflösen und ineinander übergehen zu lassen, er entspricht dem romantischen Standpunkt.

Als Weltbetrachtung nun, als Philosophie, als Grundlage für die Einstellung der Seele ist jede dieser Betrachtungsarten so gut wie die andre, es läßt sich nichts dawider sagen. Die klassische Einstellung wird Grenze und Gesetz betonen, wird Tradition anerkennen und schaffen helfen, wird sich bemühen, den Augenblick auszuschöpfen und zu verewigen. Die romantische Einstellung wird die Gesetze und Formen verwischen, dafür den Urquell des Lebendigen verehren und Frömmigkeit an die Stelle der Kritik, Versenkung an die Stelle des Verstandes setzen, sie wird auf das Zeitlose zielen und von der Sehnsucht nach der Rückkehr ins göttliche Eine erfüllt sein, ebenso wie der klassische Mensch von dem Willen, das Vergängliche zur Dauer zu erheben, erfüllt ist …

Beider Einstellungen bedarf die Welt, jede wird die andre tausendfach ergänzen und korrigieren.

Ich halte den Gedanken einer Einheit der gesamten Menschheit durchaus nicht nur für den holden Traum einiger schöner Geister, sondern für ein seelisches Erlebnis, also für das Realste, was es geben kann. Dieser Gedanke ist ja auch die Grundlage unseres ganzen religiösen Fühlens und Denkens. Jede höhere und lebensfähige Religion, jede künstlerisch-schöpferische Weltanschauung hat als einen ihrer ersten Grundsätze die Überzeugung von der Würde und geistigen Bestimmung des Menschen, des Menschen schlechthin. Die Weisheit des Chinesen Laotse und die Weisheit Jesu oder die der indischen Bagavadgita weisen ebenso deutlich auf die Gemeinsamkeit der seelischen Grundlagen durch alle Völker hindurch wie die Kunst aller Zeiten und Völker. Die Seele des Menschen in ihrer Heiligkeit, in ihrer Fähigkeit zu lieben, in ihrer Kraft zu leiden, in ihrer Sehnsucht nach Erlösung, die blickt uns aus jedem Gedanken, aus jeder Tat der Liebe an, bei Plato und bei Tolstoi, bei Buddha und bei Augustinus, bei Goethe und in Tausendundeiner Nacht. Daraus soll niemand schließen, Christentum und Taoismus, platonische Philosophie und Buddhismus seien nun zu vereinigen, oder es würde aus einem Zusammengießen aller durch Zeiten, Rassen, Klima, Geschichte getrennten Gedankenwelten sich eine Idealphilosophie ergeben. Der Christ sei Christ, der Chinese sei Chinese, und jeder wehre sich für seine Art, zu sein und zu denken. Die Erkenntnis, daß wir alle nur getrennte Teile des ewig Einen sind, sie macht nicht *einen* Weg, nicht *einen* Umweg, nicht ein einziges Tun oder Leiden auf der Welt entbehrlich. Die Erkenntnis meiner Determiniertheit macht mich ja auch nicht frei! Wohl aber macht sie mich bescheiden, macht mich duldsam, macht mich gütig; denn sie nötigt mich, die Determiniertheit jedes anderen Wesens ebenfalls zu ahnen, zu achten und gelten zu lassen.

Für mich, der ich zwar christlich-protestantisch erzogen, dann aber an Indien und China geschult bin, sind alle Zweiteilungen der Welt und der Menschen in Gegensatzpaare nicht vorhanden. Für mich ist erster Glaubenssatz die Einheit hinter und über den Gegensätzen. Natürlich leugne ich nicht die Möglichkeit, solche Schemata aufzustellen wie »aktiv« und »kontemplativ«, und leugne nicht, daß es nützlich sein kann, die Menschen auf Grund solcher Typenlehren zu beurteilen. Es gibt Aktive und es gibt Kontemplative.

Aber dahinter steht die Einheit, und wirklich lebendig und im günstigen Fall vorbildlich ist für mich nur der, der beide Gegensätze in sich hat. Ich habe nichts gegen den rastlosen Arbeiter und Schaffer und habe auch nichts gegen den nabelbeschauenden Einsiedler, aber interessant oder gar vorbildlich kann ich beide nicht finden. Der Mensch, den ich suche und erwünsche, ist der, der sowohl der Gemeinschaft wie des Alleinseins, sowohl der Tat wie der Versenkung fähig ist. Und wenn ich in meinen Schriften, wie es scheint (ich selbst kann mich ja nicht von außen sehen) dem beschaulichen Leben den Vorzug vor dem tätigen gebe, so ist es vermutlich deswegen, weil ich unsre Welt und Zeit voll von aktiven, tüchtigen, rührigen, der Kontemplation aber unfähigen Menschen sehe. In jüngeren Jahren nannte ich diesen einseitig aufs Aktive gerichteten Menschentyp abendländisch, aber es ist ja längst auch der Osten »erwacht« und aktiv geworden …

Daß Gut und Böse, Schön und Häßlich und alle Gegensatzpaare in eine Einheit auflösbar sind, das ist eine esoterische, geheime, den Eingeweihten zugängliche (und auch ihnen oft wieder entgleitende) Wahrheit, aber nicht eine exoterische, allen verständliche und bekömmliche. Es ist die Weisheit des Lao Tse, wenn er die Tugenden und guten Werke verachtet (man denkt dabei auch an den jungen Luther). Aber auch Lao Tse hätte sich sehr gehütet, diese Weisheit dem Volk anzubieten.

Wir haben die Aufgabe, den übernationalen Gedanken, den Gedanken der Einheit der Menschheit und ihrer Kultur, fördern zu helfen, und haben jedem Nationalismus Widerstand zu leisten: dem dummstolzen Patriotismus und Größenwahn des Durchschnittsdeutschen, Durchschnittsamerikaners etc. wie umgekehrt den Ressentiments gegen ganze Nationen in unsern eigenen Herzen. Wir Geistigen haben, allen Dampfwalzen und Normierungen zum Trotz, das Differenzieren zu üben und nicht das Verallgemeinern.

In einem guten Parlament brauchen der Konservative und der Oppositionsmann bei allem aktuellen Streit nie zu vergessen, daß sie beide einem Ziel dienen und, wenn auch kämpfende Brüder, doch eben Brüder sind.

Bekenntnis

Holder Schein, an deine Spiele
Sieh mich willig hingegeben;
Andre haben Zwecke, Ziele,
Mir genügt es schon, zu leben.

Gleichnis will mir alles scheinen,
Was mir je die Sinne rührte,
Des Unendlichen und Einen,
Das ich stets lebendig spürte.

Solche Bilderschrift zu lesen,
Wird mir stets das Leben lohnen,
Denn das Ewige, das Wesen,
Weiß ich in mir selber wohnen.

Die Religion des alten Ägypten

In dem bedeutsamen Sammelwerk »Religiöse Stimmen der Völker« ist soeben ein umfangreicher Band »Urkunden zur Religion des alten Ägypten« erschienen, besorgt von Günther Roeder. Dies wertvolle Buch wird, außer den Fachleuten, wohl vor allem alle jene interessieren und anziehen, die auf dem Umwege über die altägyptische Kunst zur Beschäftigung mit dem Geist Altägyptens gekommen sind. Auch ich bin diesen Weg gegangen, und so sehr ich typische Grundzüge der ägyptischen Kunst nun in den religiösen Dokumenten desselben Volkes bestätigt und wiederholt finde, so gestehe ich doch, daß die Eindrücke aus dieser Welt nicht entfernt so stark und mächtig sind wie die aus der ägyptischen Skulptur. Dennoch war ich dankbar, an Hand eines guten Führers auch diese etwas düstere Welt einigermaßen kennen zu lernen. Vor allem bin ich Roeders schönen Übersetzungen und seiner sehr klaren, vorsichtigen, klugen Einleitung zu Dank verpflichtet.

Wenn wir von ägyptischer Religion oder ägyptischer Mythologie sprechen hören, so steigen ganz bestimmte, wenn auch nicht klare Bilder vor uns auf. Vor allem denken wir an das, was wir von ägyptischen Bauten und Skulpturen kennen, an Pyramiden, Tempel, Säulengänge, Grabmäler, Sarkophage. Dann ein wenig an das theaterhafte Ägypten einer alten romantischen Tradition, wie es uns aus der Zauberflöte, aus der Aida und aus historischen Romanen vorschwebt. Mit den Namen Isis und Osiris verbindet sich für den gebildeten Laien seit Mozart eine Vorstellung von schönem, leicht antiquiertem Humanismus mit freimaurerischem Anstrich, auch erinnern wir uns dunkel, daß heute noch eine schäbig-volkstümliche Schundliteratur sich gelegentlich mit ägyptischen Zeichen schmückt; namentlich gibt es heute noch wie seit Jahrhunderten die »ägyptischen Traumbücher«.

Daß wir so wenig Wirkliches über das alte Ägypten wissen, während Kulturen wie die des asiatischen Ostens uns verhältnismäßig viel bekannter sind, das geht zum Teil einfach darauf zurück, daß die Wissenschaft selbst noch gar nicht lange imstande ist, die Hieroglyphenschrift zu lesen. Lange Zeit war dies Gebiet der Tummelplatz vager, oft phantastischer Vermutungen und romantischer Imaginationen, erst in unseren Tagen sind die Dokumente altägyptischen Glaubens und Denkens nicht nur ziemlich reichlich gefunden und zugänglich gemacht, sondern kritisch erforscht und gedeutet worden. Es gibt jetzt an Stelle einer traditionellen Phantastik eine wirkliche Wissenschaft der ägyptischen Religionsgeschichte, und mag sie noch so voll von Unaufgeklärtem sein, sie hat Boden und Richtung gewonnen und steht auf den festen Füßen einer kritischen Methode.

Roeders schönes Buch ist wohl das erste, aus dem der Laie so reichlich und so zuverlässig mit den Quellen bekannt gemacht wird. Es sind prächtige und ergreifende Stücke in diesen Dokumenten, die zumeist aus den Inschriften von Pyramiden, Tempeln, Grabstätten und Stelen herkommen. Es fehlt nicht an Poesie, an wuchtigem Pathos, es fehlt auch nicht ganz an menschlich rührenden Zügen. Aber alles in allem ist das, was uns als ägyptische Religion entgegentritt, unendlich weit von jenem Geheimnisvollen entfernt, das wir auf Grund überlieferter Vorstellungen dabei meinten ahnen zu dürfen. Die Religion des alten, klassischen Ägypten ist zwar reich an Einzelmythen, aber in ihrer Gesamtprägung ist sie merkwürdig bescheiden, um nicht zu sagen arm. Die offizielle Religion erweist sich als ein Stück staatlicher Einrichtung und scheint eigentlich bloß für den Pharao und für die Priester dagewesen zu sein. Aus lokalen Mythen der primitiven Vorzeit zusammengeflossen, sieht die älteste ägyptische Religion wenig anders aus als jeder primitive Glaube, sie beschränkt sich auf das Ausgestalten von Mythengestalten, denen Sonne und Nacht, Gewitter, Tod und andre urtümliche Erfahrungen und Anschauungen zugrunde liegen. Ein eigeneres Gepräge erhält das Mythengemisch durch den Fortschritt der Bodenkultur, wobei der Nil mit seinen periodischen Überschwemmungen so unendlich wichtig wird, und dann durch die politische Gestaltung, durch den Kult des Pharao, für welchen allein eigentlich die Tempel und Götter da sind.

Der Pharao allein darf mit den Göttern sprechen, darf zu ihnen beten, darf ihnen Gebäude und Inschriften errichten, er ist ihr Abkömmling und wird nach seinem Tode selbst ein Gott. Die Priesterschaft herrscht im ganzen Staatswesen. Vom Volk erfahren wir überhaupt nichts. Die Vorstellung eines allen Menschen Gemeinsamen, einer Seele, eines Erlösungsbedürfnisses existiert in dieser steinharten Staatsreligion nicht! Ähnliche Gedanken tauchen nur allmählich auf, spät und scheu, und niemals amtlich anerkannt. So müssen wir zwar annehmen, daß neben der Pharaonenreligion das ägyptische Volk eine unaufgeschriebene, zufällige, naive Religion der Erfahrung und des seelischen Bedürfnisses gehabt habe; aber wir sehen niemals Gedanken aus dieser lebendigeren Unterschicht aufsteigen und das Dogma siegreich beeinflussen. Es fehlt an Leben, es fehlt an Heiligen, an Persönlichkeiten, an Reformatoren in dieser steinernen Religion. Dafür finden sich gewisse Grundvorstellungen und rituelle Vorgänge durch die ewige Wiederholung zu einer gewaltigen Festigkeit des Ausdruckes, zu höchst pathetischer Form gesteigert.

Von Anfang an war die Sonne und waren eine Reihe von Sonnengöttern im Glauben der Ägypter obenan gestanden. König Amenophis der Vierte, eigentlich der einzige nennenswerte Reformator der ägyptischen Religionsgeschichte, hat später die Vielheit der Götter offiziell abgesetzt (im Volksglauben bestand sie natürlich weiter) und den gesamten Kult auf eine einzige Gottheit, auf die Sonne, konzentriert. Die Hymnen dieses neuen Sonnenkultes gehören zum Großartigsten, was die religiösen Urkunden Altägyptens enthalten:

»Erweist Verehrung dem Re, dem Himmel des Himmels, dem Fürsten, der die Götter schuf. Betet ihn an in seiner schönen Gestalt bei seinem Erscheinen in der Manzet-Barke: Dich verehren die Oberen, dich verehren die Unteren. Dein Feind ist dem Feuer überantwortet, und deine Gegner sind niedergefallen; seine Schritte sind gefesselt, seine Arme hat Re gebunden. Die Götter jauchzen, wenn sie Re bei seinem Erscheinen sehen und seine Strahlen die Länder überfluten. Die Majestät des ehrwürdigen Gottes schreitet weiter und vereinigt sich mit der Erde am Westberg; allmorgendlich wird er geboren, wenn er seine Stelle von gestern erreicht hat.«

Neben Re, dem Sonnengott, der auch als Amon und unter anderen Namen erscheint, wird namentlich Osiris verehrt, der Beherrscher des Totenreiches. Der Gedanke an den Tod, die Furcht vor dem Tod, der Wille, den Tod zu überwinden, zu vergessen, zu bestechen, kehrt im ägyptischen Glauben überall wieder. Diese Menschen hingen am Leben mit ungeheurer Inbrunst, und eine reiche Menge von Zaubern und Amuletten mußte sie schützen, erst im diesseitigen Leben, dann in der Schattenwelt, wo sie weiter zu leben und neue Freuden zu genießen dachten. Größte Sorgfalt erfuhr der Körper des Gestorbenen – viele von ihnen sind über die Jahrtausende weg ja noch heute erhalten. Merkwürdig ist die Anschauung vom Totengericht, wo jede hingeschiedene Seele vor den 42 Richtern sich rechtfertigen muß. Merkwürdig aber ist namentlich dies, daß wohl das Bewußtsein von schlimmen Möglichkeiten, von Strafe, von Hölle, von ewiger Vernichtung vorhanden war, daß man aber hierüber mißtrauisch schwieg. In den Texten kehrt die Erzählung vom Totengericht stets wieder, aber stets wird auch das Totengericht durch Anwendung von Zaubern und Schutzmitteln überstanden, nie ist direkt davon die Rede, wie es dem Nichtbestandenen, dem Sünder, dem Gerichteten ergeht. Davon auch nur zu sprechen wird vermieden, und das läßt auf eine unendlich tiefe Angst, auf eine unendlich bange Todesfurcht schließen. Hingegen wird der Gestorbene eifrig mit allem ausgerüstet, was er im Schattenreiche brauchen kann, mit Speise, Gerät und Schmuck und mit gesprochenen und geschriebenen Zaubersprüchen für sein Schattenleben. Das Leben im Jenseits ist dem irdischen ganz ähnlich, man baut Getreide im »Gabenfeld«, nur ist man drüben auch nach bestandenem Totengericht immerzu von Dämonen bedroht, welche mit Messern in den Türen lauern, und denen nur durch die Kunde wirksamer Zauber zu entkommen ist. An solchen Zaubern und Gebeten ist die ägyptische Literatur überreich.

Weiter ist aus dem ganz ungeheuren Überwiegen des Jenseitsglaubens und der Todesfurcht auch die große Sorgfalt zu erklären, welche die Ägypter ihren Gräbern angedeihen ließen. In den Pharaonenzeiten wurde dem Bau und der Einrichtung einer Pyramide für den König durch viele Jahre eine Summe von Menschenkraft, Geld und Überlegung gewidmet, die uns phantastisch erscheint. In der Heimat oder in der Nähe schützender Heiligtümer begraben zu sein, war jedes Ägypters wichtigste Sorge, für Grabmäler gab man sein Vermögen hin.

Rührend ist es zu sehen, wie in den Grabinschriften und Gebeten volkstümlicher Art sich da und dort etwas zeigt, was ganz außerhalb der offiziellen Religion liegt, ein Zug zu Bekenntnis und Beichte, ein Durst nach Verständnis und Erlösung. Hier sieht man, wie auch in einer kristallisch abgeschlossenen Religion die innersten Sorgen und Bedürfnisse der Seele ihr Recht suchen und ihr banges Leben führen! Hier zeigt sich, nachdem uns der Glaube der Ägypter so fremd, so abgesondert und andersartig erschienen ist, das Gemeinsame, jene Schicht seelischen Lebens, welche schlechthin allen Menschen gemeinsam ist.

In einer Sammlung ägyptischer Bildwerke

Aus den Edelsteinaugen
Blicket ihr still und ewig
Über uns späte Brüder hinweg.
Nicht Liebe scheint noch Verlangen
Euren schimmernd glatten Zügen bekannt.
Königlich und den Gestirnen verschwistert
Seid ihr Unbegreiflichen einst
Zwischen Tempeln geschritten,
Heiligkeit weht wie ein ferner Götterduft
Heut noch um eure Stirnen,
Würde um eure Knie;
Eure Schönheit atmet gelassen,

Ihre Heimat ist Ewigkeit.
Aber wir, eure jüngeren Brüder,
Taumeln gottlos ein irres Leben entlang,
Allen Qualen der Leidenschaft,
Jeder brennenden Sehnsucht
Steht unsre zitternde Seele gierig geöffnet.
Unser Ziel ist der Tod,
Unser Glaube Vergänglichkeit,
Keiner Zeitenferne
Trotzt unser flehendes Bildnis.
Dennoch tragen auch wir
Heimlicher Seelenverwandtschaft Merkmal
In die Seele gebrannt,
Ahnen Götter und fühlen vor euch,
Schweigende Bilder der Vorzeit,
Furchtlose Liebe. Denn sehet,
Uns ist kein Wesen verhaßt, auch der Tod nicht,
Leiden und Sterben
Schreckt unsre Seele nicht,
Weil wir tiefer zu lieben gelernt!
Unser Herz ist des Vogels,
Ist des Meeres und Walds, und wir nennen
Sklaven und Elende Brüder,
Nennen mit Liebesnamen noch Tier und Stein.
So auch werden die Bildnisse
Unsres vergänglichen Seins
Nicht im harten Steine uns überdauern;
Lächelnd werden sie schwinden
Und im flüchtigen Sonnenstaub
Jeder Stunde zu neuen Freuden und Qualen
Ungeduldig und ewig auferstehn.

Legende vom indischen König

Es war im alten Indien der Götterzeit, noch viele Jahrhunderte vor dem Erscheinen Gotama Buddhas, des Erhabenen, da wurde einstmals ein neuer König von den Brahmanen geweiht. Dieser junge König genoß die Freundschaft und Belehrung zweier Weisen, welche ihn lehrten, sich durch Fasten zu heiligen, die dem Blut innewohnenden Stürme seinem Willen zu unterwerfen und sein Denken zum Verständnis des All-Einen vorzubereiten.

Es war nämlich zu jener Zeit unter den Brahmanen ein eifriges Streiten über die Eigenschaften und Befugnisse der Götter, über das Verhältnis des einen Gottes zum andern und über das Verhältnis eines jeden zum All-Einen. Manche Denker hatten begonnen, das Dasein jeglicher Gottheiten zu leugnen, indem sie die Namen der verschiedenen Götter nur als Namen der wahrnehmbaren Teile des unsichtbaren Einen gelten lassen wollten. Andre bestritten diese Auffassung heftig, sie beharrten bei den alten Gottheiten, ihren Namen und Bildern, und sie wollten gerade das All-Eine nicht als etwas Wesenhaftes, sondern nur als einen Namen für die Gesamtheit aller Götter erklärt wissen. Ebenso wurden die in den Hymnen enthaltenen heiligen Worte von den einen als erschaffen und wandelbar, von den anderen als ur-wesenhaft, ja als das allein Unwandelbare aufgefaßt. Hier sowohl wie auf allen andern Gebieten der heiligen Erkenntnis äußerte sich das Streben nach der letzten Wahrheit in einem Zweifeln und Streiten darüber, was Geist selbst und was nur Name sei, obwohl einzelne auch diese Unterscheidung noch verwarfen und Geist und Wort, Wesen und Gleichnis für untrennbare Einheiten ansahen. Beinahe zwei Jahrtausende später haben sich die edelsten Geister des abendländischen

Mittelalters über beinahe dieselben Punkte gestritten. Und hier wie dort gab es neben den ernsten Denkern und selbstlosen Kämpfern eine Menge von fetten Pfaffen, die ohne Geist und ohne Hingabe einfach sich dafür einsetzen, daß keine Schwächung des Ansehens von Opfer und Priesterschaft eintrete, daß Freiheit des Denkens und Freiheit in der Auffassung der Götter nur ja nicht dazu führen möge, die Macht und das Einkommen der Priester zu vermindern. Sie sogen das Volk nicht wenig aus; wem ein Sohn oder eine Kuh krank wurde, der bekam für Tage und Wochen die Pfaffen ins Haus und konnte sich an den Opfergaben verbluten.

Auch jene beiden Brahmanen, deren besonderen Unterricht der nach Erkenntnis dürstende König genoß, waren untereinander uneins über die letzte Wahrheit. Da sie alle beide im Rufe außerordentlicher Weisheit standen, betrübte es den König oftmals, ihre Uneinigkeit anzusehen, und häufig dachte er bei sich: »Wenn diese zwei Weisesten über die Wahrheit nicht einig werden können, wie soll da ich, der ich wenig gelehrt bin, jemals ein Wissender werden können? Wohl zweifle ich nicht, daß es nur eine einzige und unteilbare Wahrheit geben kann; doch scheint es mir selbst für Brahmanen unmöglich, sie mit Sicherheit zu erkennen.«

Seine beiden Lehrmeister aber, wenn er sie hierüber befragte, sagten ihm nur: »Viele sind der Wege, doch nur Ein Ziel. Faste, töte die Leidenschaften in deinem Herzen, rezitiere die heiligen Strophen und denke über sie nach.«

Der König tat willig, wie ihm gesagt war, und machte große Fortschritte im Wissen, ohne doch an das Ziel zu dringen und die letzte Wahrheit zu schauen. Indem er die Leidenschaften des Blutes überwand, alles tierische Begehren und Behagen verabscheute und von Essen und Trinken nur das Notwendigste – täglich eine Banane und einige Reiskörner –

zu sich nahm, reinigte er sich an Leib und Geist und vermochte allen Eifer und alle Kraft und Sehnsucht seiner Seele einzig auf das letzte Ziel zu richten. Heilige Worte, deren Silben ihm früher leer und öde getönt hatten, erschlossen ihm nun die Blüte ihres Zaubers und beglückten ihn mit innigem Trost, und in den Kampfspielen und Übungen des Verstandes erwarb er Preis um Preis. Den Schlüssel aber zum letzten Geheimnis und zum Rätsel alles Seins, den fand er nicht und blieb darüber betrübt.

Da beschloß er, sich durch eine große Übung zu kasteien. Er verschloß sich volle 40 Tage in sein innerstes Gemach, aß keinen Bissen und schlief ohne Decke noch Kissen nackt auf dem bloßen Estrich. Sein hagerer Leib duftete Reinheit, sein schmales Gesicht glänzte von innen her, seine Augen beschämten die der Brahmanen durch ihre strahlende Reinheit. Und am Ende dieser 40 Tage lud er alle Brahmanen ein, in der Halle des Tempels ihren Verstand im Lösen schwieriger Fragen zu üben, und für die Gewinner der Preise standen weiße Kühe mit goldenem Stirnschmuck als Ehrengeschenke bereit.

Die Priester und Weisen kamen, ließen sich nieder und eröffneten alsbald die Schlacht der Gedanken und Worte. Sie bewiesen Glied für Glied die genaue Übereinstimmung der sinnlichen und der geistigen Welt, schärften ihren Sinn im Erklären von heiligen Strophen und redeten über das Brahma und den Atman. Sie verglichen das hundertarmige Urwesen mit dem Wind, mit dem Feuer, mit dem Wasser, mit dem im Wasser aufgelösten Salz, mit der Vereinigung von Mann und Weib. Sie ersannen Vergleiche und Bilder für das Brahma, das Götter erschafft, welche größer sind als das Brahma selbst, und unterschieden das schaffende Brahma von jenem, welches das Geschaffene in sich schließt, sie versuchten es mit sich selbst zu vergleichen. Sie disputierten glänzend darüber, ob der Atman älter sei als sein Name, ob sein Name gleich seinem Wesen oder nur eine Schöpfung desselben sei.

Immer wieder hub der König an und versuchte die Weisen mit neuen Fragestellungen. Allein je mehr die Brahmanen Antwort und Erklärung gaben, desto mehr fühlte der König sich unter ihnen allen einsam und verlassen. Und je mehr er fragte und den Antworten zunickte und den Geistvollsten Geschenke geben ließ, desto brennender erfüllte ihn die Sehnsucht nach der Wahrheit selbst. Diese wurde, wie er wohl erkannte, von allen Reden und Untersuchungen nur umkreist, nie berührt, und in den innersten Kreis drang keiner. Und indem er ihnen seine Fragen aufgab und seine Ehrengaben verteilte, kam er sich vor wie ein Kind, das mit anderen Kindern einem Spiele hingegeben ist, einem hübschen Kinderspiel, über das die Männer lächeln.

Da versank inmitten der großen Versammlung der König mehr und mehr in sich selbst, verschloß alle seine Sinne und richtete seinen glühenden Willen einzig auf die Wahrheit, von der er wußte, daß sie an jedwedem Wesen teilhabe und in jedem schlummere, also auch in ihm, dem Könige. Und da er rein und schlackenlos in seinem Innern war, fand er mehr und mehr in sich selbst Sättigung und Helle, und je tiefer er in sich versank, desto lichter ward es vor ihm, gleichwie wenn einer in einer Höhle wandert und sich immer mehr, mit jedem Schritt, dem strahlenden Ausgang nähert.

Indessen redeten und stritten die Brahmanen noch lange Zeit unter sich weiter und achteten des stumm und taub gewordenen Königs nicht. Sie erhitzten sich, ihre Stimmen wurden laut und heftig, und mancher mißgönnte dem andern die Kuh, die er zum Geschenk bekommen hatte.

Bis endlich einer von ihnen den Versunkenen bemerkte. Er verstummte und deutete mit ausgestrecktem Finger auf ihn, und sein Nachbar verstummte und tat desgleichen, und dessen Nachbar wieder, und während am Ende der Halle noch einige Gruppen lärmten und redeten, war der übrige Saal totenstill geworden; und endlich waren sie alle verstummt, saßen ohne Rede und sahen den König an. Dieser saß aufrecht mit bewegungslosen Mienen, sein Blick war im Unendlichen, und sein Antlitz strahlte hell und kühl wie ein Gestirn. Und alle Brahmanen neigten sich vor dem Verklärten und erkannten, daß sie da nur Kinderspiel getrieben hatten, während hier in dieser königlichen Gestalt Gott selbst, der Inbegriff aller Götter, eingekehrt sei.

Der König aber, dessen Sinne in die Einheit verschmolzen und nach innen gerichtet waren, schaute die Wahrheit selbst, die unteilbare, als reines Licht, das ihn mit süßer Gewißheit durchdrang, so wie der Sonnenstrahl einen Edelstein durchdringt, daß er selbst Licht und Sonne wird und Geschöpf und Schöpfer in sich vereint.

Und da er erwachte und um sich schaute, lachten seine Augen, und seine Stirn leuchtete wie ein Stern. Er legte sein Gewand von sich, verließ den Tempel, verließ die Stadt und sein Königreich und ging nackt in die Wälder, in denen er für immer verschwand.

Wissen kann man mitteilen, Weisheit aber nicht. Man kann sie finden, man kann sie leben, man kann von ihr getragen werden, man kann mit ihr Wunder tun, aber sagen und lehren kann man sie nicht.

Die Worte tun dem geheimen Sinn nicht gut, es wird immer alles gleich ein wenig anders, wenn man es ausspricht, ein wenig verfälscht, ein wenig närrisch – ja, und auch das ist sehr gut und gefällt mir sehr, auch damit bin ich sehr einverstanden, daß das, was eines Menschen Schatz und Weisheit ist, dem andern immer wie Narrheit klingt.

Wenn jemand sucht, dann geschieht es leicht, daß sein Auge nur noch das Ding sieht, das er sucht, daß er nichts zu finden, nichts in sich einzulassen vermag, weil er nur immer an das Gesuchte denkt, weil er ein Ziel hat, weil er vom Ziel besessen ist. Suchen heißt: ein Ziel haben. Finden aber heißt: frei sein, offen stehen, kein Ziel haben.

Keine Lehre konnte ein wahrhaft Suchender annehmen, einer, der wahrhaft finden wollte. Der aber, der gefunden hat, der konnte jede, jede Lehre gutheißen, jeden Weg, jedes Ziel, ihn trennte nichts mehr von all den tausend anderen, welche im Ewigen lebten, welche das Göttliche atmeten.

Aus Indien und über Indien

Die Beschäftigung des deutschen Geistes mit dem indischen, seine tastende Annäherung an ihn, ist wenig mehr als hundert Jahre alt, hat in Schopenhauer ihren berühmtesten Ausdruck gefunden, in Neumanns Übersetzungen ihre liebevollste Leistung, in Deussen und Oldenberg ihre bekanntesten Gelehrten. Schließlich ist sie, in neuester Zeit, zur Mode geworden, welche rasch wieder vergehen und doch nicht ohne Sinn gewesen sein wird. – Ostasien, zumal Indien, übt heute auch auf die wenig Gebildeten eine gewaltige Anziehungskraft aus, es gehen da tiefe geistige Interessen mit jungenhafter Lust am Exotischen und lüsterner Sucht nach Sensationen wunderlich durcheinander.

Das eigentliche Wissen um Indien jedoch und die Literatur darüber beschränkte sich bis vor kurzem auf ganz enge Gebiete. Die indische bildende Kunst, die indischen großen Volksreligionen waren noch vor wenigen Jahren bei uns nahezu vollkommen unbekannt, während über das ›geistige‹ Indien, aber auch nur über vereinzelte Gebiete desselben, eine Menge von Literatur existierte. Schon seit hundert Jahren war besonders stark das Interesse für die Buddha-Lehre, und noch vor zwanzig Jahren war die Mehrzahl der Europäer der festen Meinung, die Völker Indiens seien alle Buddhisten, während in Wirklichkeit im eigentlichen Indien die Zahl der noch vorhandenen Buddhisten ja verschwindend klein ist. Erst neuestens haben Forschung und Literatur sich auch jenem andern Indien zugewandt, gegen welches einst Goethe sich so abweisend verhielt. Von der neueren Literatur aus und über Indien soll dieser Aufsatz nun eine Auswahl der wichtigsten Erscheinungen besprechen.

Für das buddhistische Indien sind Karl Neumanns Übersetzungen der Buddha-Texte, namentlich der ›mittleren Sammlung‹ der Reden Buddhas noch immer die wichtigsten Bücher. Daneben war die Kenntnis und Übersetzung der übrigen großen religiösen Dokumente Indiens lang vernachlässigt, Deussens ›Sechzig Upanishads‹ waren jahrzehntelang das Einzige, was von diesen unerschöpflichen Schätzen in deutscher Sprache erreichbar war. Dies ist nun anders geworden, und ebenso wie der Verlag Diederichs in Jena unser Wissen um das geistige China durch die Herausgabe der

Wilhelmschen Übersetzungen plötzlich verzehnfacht hat, so hat er durch seine Büchersammlung ›Die Religion des alten Indien‹, welche Walter Otto leitet, uns neuestens die Lektüre und das Studium herrlicher Werke ermöglicht, welche bisher nur den Orientalisten zugänglich waren. Für mich das schönste unter diesen Ottoschen Büchern heißt ›Aus Brahmanas und Upanishaden‹ (übersetzt von A. Hillebrandt), das ist eine schöne Zusammenstellung und Übersetzung von ausgewählten indischen Texten aus der Blütezeit des älteren indischen Denkens, als dessen Erben wir Buddha ansehen. Die Bhagavad-Gita ist ebenfalls in dieser Sammlung erschienen, deutsch von L. v. Schroeder (dessen Buch über Indien aus den achtziger Jahren noch heute hohen Wert hat). Der Welt des Buddhismus gehören die beiden Bändchen an: ›Thamma-Worte‹ (das alte ›Thammapada‹, eine Sammlung buddhistisch-asketischer Lieder und Sprüche aus der ältesten Zeit des Buddhismus, der Legende nach von Buddha selbst und seinen ersten Jüngern stammend) und ›Buddhas Wandel‹, das schöne, begeisterte Gedicht des Acvagosha. Ferner hat H.W. Schomerus in dieser Sammlung beide Bände ›Texte zur Gottesmystik des Hinduismus‹ gebracht, die durch die Fülle und Großartigkeit ihres Inhalts für jeden Liebhaber der Beschäftigung mit indischem Geiste ein großes Erlebnis sein werden; hier sind namentlich aus der Welt des Shiva-Kultes Hymnen und Legenden mitgeteilt, deren Innigkeit, Tiefe und Ausdruckskraft den schönsten Upanishaden nahe kommt.

Diese Ottosche Bibliothek des religiösen Indien ist heute unentbehrlich für jeden, der sich, ohne selbst die alten indischen Sprachen zu beherrschen, dieser blühenden, erlösungsdürstenden, frommen Welt Altindiens nähern will. Wer sich diesen Büchern ergibt, läuft Gefahr, nicht mehr aus ihnen zurückzukehren, denn das neue Europa hat nichts, was den von der Glut und Versenkung dieser wunderbar beseelten Frömmigkeit Ergriffenen noch fesseln könnte. Doch wird die Gefahr nicht viele verführen, denn das Eindringen in diese Welt fordert mehr Hingabe, als heutige Leser in der Regel aufbringen.

Uralte Buddha-Figur in einer japanischen Waldschlucht verwitternd

Gesänftigt und gemagert, vieler Regen
Und vieler Fröste Opfer, grün von Moosen
Gehn deine milden Wangen, deine großen
Gesenkten Lider still dem Ziel entgegen,
Dem willigen Zerfalle, dem Entwerden
Im All, im ungestaltet Grenzenlosen.
Noch kündet die zerrinnende Gebärde
Vom Adel deiner königlichen Sendung
Und sucht doch schon in Feuchte, Schlamm und Erde,
Der Formen ledig, ihres Sinns Vollendung,
Wird morgen Wurzel sein und Laubes Säuseln,
Wird Wasser sein, zu spiegeln Himmels Reinheit,
Wird sich zu Efeu, Algen, Farnen kräuseln, –
Bild allen Wandels in der ewigen Einheit.

Die Religionen und Mythologien sind, ebenso wie die Dichtung, ein Versuch der Menschheit, eben jene Unsagbarkeiten in Bildern auszudrücken, die Ihr vergeblich ins flach Rationale zu übersetzen versucht.

Im Zurückblicken sieht man es deutlich: im Geistigen und Dauernden, in den Werken des Geistes, den Bibeln und Philosophien, sind in Jahrtausenden die »Entwicklungen« sehr gering, vom alten Indien bis zu Thomas von Aquin oder Ekkehart haben, unter wechselnden Bildern, stets die gleichen Wahrheiten gegolten. Freilich, sie gelten nur für die Wissenden, nicht für die Welt und Masse. Und die Wissenden sind immer nur wenige. Aber vielleicht bedürfen sie der Masse, die sie umhüllt und verbirgt, ebensosehr wie die Masse ihrer bedarf.

Es gibt einen Tisch, einen Stuhl, ein Brot, einen Wein, einen Vater, eine Mutter, und doch heißen sie in jedem Volk und jeder Kultur wieder anders. So ist es auch mit Gott, mit der Frömmigkeit, mit dem Glauben. Griechen und Perser, Inder und Chinesen, Christen und Buddhisten, alle meinen das Selbe und hoffen, wünschen und glauben das Selbe, nur haben sie andre Namen dafür als wir. Im politischen Denken fortgeschrittener Leute ist Nationalismus etwas Gewesenes, Vergangenes, in den Religionen herrscht der Kinderglaube an die Alleingültigkeit des eigenen Glaubens noch überall. Die Wissenschaft allerdings ist des Gemeinsamen in allen Glaubensformen der Welt längst inne geworden, die Religionsforschung kennt keine allein-seligmachende Religion mehr.

Im Laufe des achtzehnten Jahrhunderts wuchs in Großbritannien eine neue Art von Christentum und christlicher Betätigung heran, die sich aus einer winzigen Wurzel ziemlich rasch zu einem großen exotischen Baume auswuchs und welche einem jeden heute unter dem Namen der evangelischen Heidenmission bekannt ist.

Für die von England ausgehende protestantische Missionsbewegung war äußerlich nicht wenig Grund und Anlaß vorhanden. Seit dem glorreichen Zeitalter der Entdeckungen hatte man allerwärts auf Erden entdeckt und erobert, und es war das wissenschaftliche Interesse an der Form entfernter Inseln und Gebirge ebenso wie das seefahrende und abenteuernde Heldentum überall einem modernen Geist gewichen, der sich in den entdeckten exotischen Gegenden nicht mehr für aufregende Taten und Erlebnisse, für seltsame Tiere und romantische Palmenwälder interessierte, sondern für Pfeffer und Zucker, für Seide und Felle, für Reis und Sago, kurz für die Dinge, mit denen der Welthandel Geld verdient. Darüber war man häufig etwas einseitig und hitzig geworden und hatte manche Regeln vergessen und verletzt, die im christlichen Europa Geltung hatten. Man hatte eine Menge von erschrockenen Eingeborenen da draußen wie Raubzeug verfolgt und niedergeknallt, und der gebildete christliche Europäer hatte sich in Amerika, Afrika und Indien benommen wie der in den Hühnerstall eingebrochene Marder. Es war, auch wenn man die Sache ohne besondere Empfindsamkeit betrachtete, recht scheußlich hergegangen und recht grob und säuisch geräubert worden, und zu den Regungen der Scham und Entrüstung im Heimatvolke gehörte auch die Missionsbewegung, fußend auf dem schönen Wunsche, es möchte den Heidenvölkern von Europa her doch auch etwas anderes, Besseres und Höheres mitgebracht werden als nur Schießpulver und Branntwein.

Es kam in der zweiten Hälfte des vorvorigen Jahrhunderts in England nicht allzu selten vor, daß wohlmeinende Privatleute sich dieses Missionsgedankens tätig annahmen und Mittel zu seiner Ausführung hergaben. Geordnete Gesellschaften und Betriebe dieses Behufes aber, wie sie heute blühen, gab es zu jener Zeit noch nicht, sondern es versuchte eben ein jeder nach eigenem Vermögen und auf eigenem Wege die gute Sache zu fördern, und wer damals als Missionar in ferne Länder auszog, der fuhr nicht wie ein heutiger gleich einem wohladressierten Poststück durch die Meere und einer geregelten und organisierten Arbeit entgegen, sondern er reiste mit Gottvertrauen und ohne viel Anleitung geradenwegs in ein zweifelhaftes Abenteuer hinein.

In den neunziger Jahren entschloß sich ein Londoner Kaufherr, dessen Bruder in Indien reich geworden und dort ohne Kinder gestorben war, eine bedeutende Geldsumme für die Ausbreitung des Evangeliums in jenem Lande zu stiften. Ein Mitglied der mächtigen Ostindischen Kompagnie sowie mehrere Geistliche wurden als Ratgeber herbeigezogen und ein Plan ausgearbeitet, nach welchem zunächst drei oder vier junge Männer, mit einer hinlänglichen Ausrüstung und gutem Reisegeld versehen, als Missionare ausgesandt werden sollten.

Die Ankündigung dieses Unternehmens zog alsbald einen Schwarm von abenteuerlustiger Mannheit heran, erfolglose Schauspieler und entlassene Barbiergehilfen glaubten sich zu der verlockenden Reise berufen, und das fromme Kollegium hatte alle Mühe, über die Köpfe dieser Zudringlichen hinweg nach würdigen Männern zu fahnden. Unter der Hand suchte man vor allem junge Theologen zu gewinnen, doch war die englische Geistlichkeit durchweg keineswegs der Heimat müde oder auf anstrengende, ja gefährliche Unternehmungen erpicht; die Suche zog sich in die Länge, und der Stifter begann schon ungeduldig zu werden.

Da verlor sich die Kunde von seinen Absichten und Mißerfolgen endlich auch in ein Bauerndorf in der Gegend von Lancaster und in das dortige Pfarrhaus, dessen ehrwürdiger Herr seinen jungen Bruderssohn namens Robert Aghion als Amtsgehilfen bei sich in Kost und Wohnung hatte. Robert Aghion war der Sohn eines Schiffskapitäns und einer frommen fleißigen Schottin, er hatte den Vater früh verloren und kaum gekannt und war als ein Knabe von guten Gaben durch seinen Onkel auf Schulen geschickt und ordnungsgemäß auf den Beruf eines Geistlichen vorbereitet worden, dem er nunmehr so nahestand, als ein Kandidat mit guten Zeugnissen, aber ohne Vermögen, es eben konnte. Einstweilen stand er seinem Oheim und Wohltäter als Vikarius bei und hatte auf eine eigene Pfarre bei dessen Lebzeiten nicht zu rechnen. Da nun der Pfarrer Aghion noch ein rüstiger Mann war, sah des Neffen Zukunft nicht allzu glänzend aus. Als ein armer Jüngling, der nach aller Voraussicht nicht vor dem mittleren Mannesalter auf ein eigenes Amt und Einkommen zu rechnen hatte, war er für junge Mädchen kein begehrenswerter Mann, wenigstens nicht für ehrbare, und mit anderen als solchen war er nie zusammengetroffen.

Als Sohn einer herzlich frommen Mutter hatte er einen schlichten Christensinn und Glauben, welchen als Prediger zu bekennen ihm eine Freude war. Seine eigentlichen geistigen Vergnügungen aber fand er im Betrachten der Natur, wofür er ein feines Auge besaß. Als ein bescheidener frischer Junge mit tüchtigen Augen und Händen fand er Befriedigung im Sehen und Kennen, Sammeln und Untersuchen der natürlichen Dinge, die sich ihm darboten. Als Knabe hatte er Blumen gezüchtet und botanisiert, hatte dann eine Weile sich eifrig mit Steinen und Versteinerungen abgegeben, und neuerdings, zumal seit seinem Aufenthalt in der ländlichen Umgebung, war ihm die vielfarbige Insektenwelt vor allem andern lieb geworden. Das Allerliebste aber waren ihm die Schmetterlinge, deren glänzende Verwandlung aus dem Raupen- und Puppenstande ihn immer wieder innig entzückte und deren Zeichnung und Farbenschmelz ihm ein so reines Vergnügen bereiteten, wie es geringer befähigte Menschen nur in den Jahren der frühen Kindheit erleben können.

So war der junge Theologe beschaffen, der als erster auf die Kunde von jener Stiftung hin alsbald aufhorchte und ein Verlangen in seinem Innersten gleich einem Kompaßzeiger gegen Indien hinweisen fühlte. Seine Mutter war vor wenigen Jahren gestorben, ein Verlöbnis oder auch nur ein heimlicher Verspruch mit einem Mädchen bestand nicht. Er schrieb nach London, bekam ermunternde Antwort und das Reisegeld für die Fahrt nach der Hauptstadt zugestellt und fuhr gleich darauf mit einer kleinen Bücherkiste und einem Kleiderbündel getrost nach London, wobei ihm nur leid tat, daß er seine Herbarien, Versteinerungen und Schmetterlingskästen nicht mitnehmen konnte.

Bänglich betrat in der düstern brausenden Altstadt von London der Kandidat das hohe ernste Haus des frommen Kaufherrn, wo ihm im düsteren Korridor eine gewaltige Wandkarte der östlichen Erdhälfte und gleich im ersten Zimmer ein großes fleckiges Tigerfell das ersehnte Land vor Augen führte. Beklommen und verwirrt ließ er sich von dem vornehmen Diener in das Zimmer führen, wo ihn der Hausherr erwartete. Es empfing ihn ein großer, ernster, schön rasierter Herr mit eisblauen scharfen Augen und strengen alten Mienen, dem der schüchterne Bewerber jedoch nach wenigen Reden recht wohl gefiel, so daß er ihn zum Sitzen einlud und sein Examen mit Vertrauen und Wohlwollen zu Ende führte. Darauf ließ der Herr sich seine Zeugnisse übergeben und schellte den Diener herbei, der den Theologen stillschweigend hinwegführte und in ein Gastzimmer brachte, wo unverweilt ein zweiter Diener mit Tee, Wein, Schinken, Butter und Brot erschien. Mit diesem Imbiß ward der junge Mann allein gelassen und tat seinem Hunger und Durst Genüge. Dann blieb er beruhigt in dem blausamtenen Armstuhl sitzen, dachte über seine Lage nach und musterte mit müßigen Augen das Zimmer, wo er nach kurzem Umherschauen zwei weitere Entgegenkömmlinge aus dem fernen heißen Lande entdeckte, nämlich in einer Ecke neben dem Kamin einen ausgestopften rotbraunen Affen und über ihm aufgehängt an der blauen Seidentapete das gegerbte Fell einer riesig großen Schlange, deren augenloser Kopf blind und schlaff herabhing. Das waren Dinge, die er schätzte und die er sofort aus der Nähe zu betrachten und zu befühlen eilte. War ihm auch die Vorstellung der lebendigen Boa, die er durch das Zusammenbiegen der glänzend silbrigen Haut zu einem Rohre zu unterstützen versuchte, einigermaßen grauenvoll und zuwider, so ward doch seine Neugierde auf die geheimnisvolle Ferne durch ihren Anblick noch geschürt. Er dachte sich weder von Schlangen noch von Affen schrecken zu lassen und malte sich mit Wollust die fabelhaften Blumen, Bäume, Vögel und Schmetterlinge aus, die in solchen gesegneten Ländern gedeihen mußten.

Es ging indessen schon gegen Abend, und ein stummer Diener trug eine angezündete Lampe herein. Vor dem hohen

Fenster stand neblige Dämmerung. Die Stille des vornehmen Hauses, das ferne schwache Wogen der großen Stadt, die Einsamkeit des hohen kühlen Zimmers, in dem er sich wie gefangen fühlte, der Mangel an jeder Beschäftigung und die Ungewißheit seiner romanhaften Lage verbanden sich mit der zunehmenden Dunkelheit der Londoner Herbstnacht und stimmten die Seele des jungen Menschen von der Höhe seiner Hoffnung immer weiter herab, bis er nach zwei Stunden, die er horchend und wartend in seinem Lehnstuhl hingebracht hatte, für heute jede Erwartung aufgab und sich kurzerhand müde in das vortreffliche Gastbett legte, wo er in kurzem einschlief.

Es weckte ihn, wie ihm schien, mitten in der Nacht, ein Diener mit der Nachricht, der junge Herr werde zum Abendessen erwartet und möge sich beeilen. Verschlafen kroch Aghion in seine Kleider und taumelte mit blöden Augen hinter dem Manne her durch Zimmer und Korridore und eine Treppe hinab bis in das große, grell von Kronleuchtern erhellte Speisezimmer, wo ihn die in Sammet gekleidete und von Schmuck funkelnde Hausfrau durch ein Augenglas betrachtete und der Herr ihn zwei Geistlichen vorstellte, die ihren jungen Bruder gleich während der Mahlzeit in eine scharfe Prüfung nahmen und vor allem sich über die Echtheit seiner christlichen Gesinnung zu unterrichten suchten. Der schlaftrunkene Apostel hatte Mühe, alle Fragen zu verstehen und gar zu beantworten; aber die Schüchternheit kleidete ihn gut, und die Männer, die an ganz andere Aspiranten gewöhnt waren, wurden ihm alle wohlgesinnt. Nach Tische wurden im Nebenzimmer Landkarten vorgelegt, und Aghion sah zum ersten Male die Gegend, der er Gottes Wort verkündigen sollte, auf der indischen Karte als einen gelben Fleck südlich von der Stadt Bombay liegen.

Am folgenden Tage wurde er zu einem ehrwürdigen alten Herrn gebracht, der des Kaufherrn oberster geistlicher Berater war. Dieser Greis fühlte sich sofort von dem harmlosen jungen Menschen angezogen. Er wußte Roberts Sinn und Wesen rasch zu erkennen, und da er wenig geistlichen Unternehmungsgeist in ihm wahrnahm, wollte der Junge ihm leid tun, und er stellte ihm die Gefahren der Seereise und die Schrecken der südlichen Zonen eindringlich vor Augen; denn es schien ihm sinnlos, daß ein junger Mensch sich da draußen opfere und zugrunde richte, wenn er nicht durch besondere Gaben und Neigungen zu einem solchen Dienst bestimmt schien. So legte er denn dem Kandidaten die Hand auf die Schulter, sah ihm mit eindringlicher Güte in die Augen und sagte: »Was Sie mir sagen, ist gut und mag richtig sein; aber ich kann noch immer nicht ganz verstehen, was Sie nun eigentlich nach Indien zieht. Seien Sie offen, lieber Freund, und sagen Sie mir ohne Hinterhalt: ist es irgendein weltlicher Wunsch und Drang, der Sie treibt, oder ist es lediglich der innige Wunsch, den armen Heiden unser liebes Evangelium zu bringen?« Auf diese Anrede wurde Robert Aghion so rot wie ein ertappter Schwindler. Er schlug die Augen nieder und schwieg eine Weile, dann aber bekannte er freimütig, mit jenem frommen Willen sei es ihm zwar völlig ernst, doch wäre er wohl nie auf den Gedanken gekommen, sich für Indien zu melden und überhaupt Missionar zu werden, wenn nicht ein Gelüste nach den herrlichen seltenen Pflanzen und Tieren der tropischen Lande, zumal nach deren Schmetterlingen, ihn dazu verlockt hätte. Der alte Mann sah wohl, daß der Jüngling ihm nun sein letztes Geheimnis preisgegeben und nichts mehr zu bekennen habe. Lächelnd nickte er ihm zu und sagte freundlich: »Nun, mit dieser Sünde müssen Sie selber fertigwerden. Sie sollen nach Indien fahren, lieber Junge!« Und alsbald ernst werdend, legte er ihm beide Hände aufs Haupt und segnete ihn feierlich mit den Worten des biblischen Segens.

Drei Wochen später reiste der junge Missionar, mit Kisten und Koffern wohl ausgerüstet, auf einem schönen Segelschiff als Passagier hinweg, sah sein Heimatland im grauen Meer versinken und lernte in der ersten Woche, noch ehe Spanien erreicht war, die Launen und Gefahren des Meeres kennen. In jenen Zeiten konnte ein Indienfahrer noch nicht so grün und unerprobt sein Ziel erreichen wie heute, wo man in Europa seinen bequemen Dampfer besteigt, sich auf dem Suezkanal um Afrika drückt und nach kurzer Zeit, verwundert und träg vom vielen Schlafen und Essen, die indische Küste erblickt. Damals mußten die Segelschiffe sich um das ungeheure Afrika herum monatelang quälen, von Stürmen gefährdet und von toten langen Windstillen gelähmt, und es galt zu schwitzen und zu frieren, zu hungern und des Schlafes zu entbehren, und wer die Reise siegreich vollendet hatte, der war nun längst kein unerprobter Neuling mehr, sondern hatte gelernt, sich einigermaßen auf den Beinen zu halten. So ging es auch dem Missionar. Er war zwischen England und Indien hundertsechsundfünfzig Tage unterwegs und stieg in der Hafenstadt Bombay als ein gebräunter und gemagerter Seefahrer an Land.

Indessen hatte er seine Freude und Neugierde nicht verloren, obwohl sie stiller geworden war, und wie er schon auf der Reise jeden Strand mit Forschersinn betreten und jede fremde Palmeninsel mit ehrfürchtiger Neugierde betrachtet hatte, so betrat er das indische Land mit begierig offenen Augen und hielt seinen Einzug in der schönen leuchtenden Stadt mit ungebrochenem Mut.

Zunächst suchte und fand er das Haus, an das er empfohlen war; es lag in einer stillen vorstädtischen Gasse, von Kokospalmen überragt. Im Eintreten streifte sein Blick den kleinen Vorgarten und fand, obwohl jetzt eben Wichtigeres zu tun und zu betrachten war, gerade noch Zeit, einen dunkelbelaubten Strauch mit großen goldgelben Blüten zu bemerken, der von einer zierlichen Schar weißer Falter auf das fröhlichste umgaukelt wurde. Dies Bild noch im leicht geblendeten Auge, trat er über einige flache Stufen in den Schatten der breiten Veranda und durch die offenstehende Haustüre. Ein dienender Hindu in einem weißen Kleide mit nackten dunkelbraunen Beinen lief über den kühlen roten Ziegelboden herbei, machte eine ergebene Verbeugung und begann in singendem Tonfall hindostanische Worte zu näseln, merkte aber rasch, daß der Fremde ihn nicht verstehe, und führte ihn mit neuen weichen Verbeugungen und schlangenhaften Gebärden der Ergebenheit und Einladung tiefer ins Haus und vor eine Türöffnung, die statt der Tür mit einer lose herabhängenden Bastmatte verschlossen war. Zur gleichen Zeit ward diese Matte von innen beiseite gezogen, und es erschien ein großer, hagerer, herrisch aussehender Mann in weißen Tropenkleidern und mit Strohsandalen an den nackten Füßen. Er richtete in einer unverständlichen indischen Sprache eine Reihe von Scheltworten an den Diener, der sich klein machte und der Wand entlang davonschlich, dann wandte er sich an Aghion und hieß ihn auf Englisch eintreten.

Der Missionar suchte zuerst seine unangemeldete Ankunft zu entschuldigen und den armen Diener zu rechtfertigen, der nichts verbrochen habe. Aber der andere winkte ungeduldig ab und sagte: »Mit den Schlingeln von Dienern werden Sie ja bald umzugehen lernen. Treten Sie ein! Ich erwarte Sie.«

»Sie sind wohl Mister Bradley?« fragte der Ankömmling höflich, während doch bei diesem ersten Schritt in die exotische Wirtschaft und beim Anblick des Ratgebers, Lehrers und Mitarbeiters eine Fremdheit und Kälte in ihm aufstieg.

»Ich bin Bradley, gewiß, und Sie sind ja wohl Aghion. Also, Aghion, kommen Sie nun endlich herein! Haben Sie schon Mittagbrot gehabt?«

Der große knochige Mann nahm alsbald mit aller kurz angebundenen, herrischen Praxis eines bewährten Überseers und Handelsagenten den Lebenslauf seines Gastes in seine braunen, dunkelbehaarten Hände. Er ließ ihm eine Reismahlzeit mit Hammelfleisch und brennendem Curry bringen, er wies ihm ein Zimmer an, zeigte ihm das Haus, nahm ihm seine Briefe und Aufträge ab, beantwortete seine ersten neugierigen Fragen und gab ihm die ersten notwendigen indischen Lebensregeln. Er setzte die vier braunen Hindudiener in Bewegung, befahl und schnauzte in seiner kalten Zornigkeit durch das schallende Haus, ließ auch einen indischen Schneidermeister kommen, der sofort ein Dutzend landesüblicher Kleidungen für Aghion machen mußte. Dankbar und etwas eingeschüchtert nahm der Neuling alles hin, obwohl es seinem Sinne mehr entsprochen hätte, seinen Einzug in Indien stiller und friedlicher zu begehen, sich erst einmal ein bißchen heimisch zu machen und sich in einem freundlichen Gespräch seiner ersten Eindrücke und seiner vielen starken Reiseerinnerungen zu entladen. Indessen lernt man auf einer halbjährigen Seereise sich bescheiden und sich in viele Lagen finden, und als gegen Abend Mister Bradley wegging, um seiner kaufmännischen Arbeit in der Stadt nachzugehen, atmete der evangelische Jüngling fröhlich auf und dachte nun allein in stillem Behagen seine Ankunft zu feiern und das Land Indien zu begrüßen.

Feierlich verließ er sein luftiges Zimmer, das weder Tür noch Fenster, sondern nur leere geräumige Öffnungen in allen Wänden hatte, und ging ins Freie, einen großrandigen Hut mit langem Sonnenschleier auf dem blonden Kopf und einen tüchtigen Stock in der Hand. Beim ersten Schritt in den Garten blickte er mit einem tiefen Atemzug ringsum und sog mit witterndem Sinnen die Lüfte und Düfte, Lichter und Farben des fremden, sagenhaften Landes, das er als ein bescheidener Mitarbeiter erobern helfen sollte und dem er sich willig hinzugeben gesonnen war.

Was er um sich sah und verspürte, gefiel ihm alles wohl und kam ihm wie eine tausendfältige strahlende Bestätigung vieler Träume und Ahnungen vor. Dichte hohe Gebüsche standen im heftigen Sonnenlicht und strotzten von großen, wunderlich starkfarbigen Blumen; auf säulenschlanken, glatten Stämmen ragten in erstaunlicher Höhe die stillen runden Wipfel der Kokospalmen, eine Fächerpalme stand hinter dem Hause und hielt ihr sonderbar strenges, gleichmäßiges Riesenrad von gewaltigen mannslangen Blättern steif in die Lüfte, am Rand des Weges aber nahm sein naturfreundliches Auge ein kleines lebendiges Wesen wahr, dem er sich vorsichtig näherte. Es war ein grünes Chamäleon mit einem dreieckigen Kopf und boshaften kleinen Augen. Er beugte sich darüber und fühlte sich wie ein Knabe beglückt.

Eine fremdartige Musik weckte ihn aus seiner andächtigen Versunkenheit. Aus der flüsternden Stille der tiefen grünen Baum- und Gartenwildnis brach der rhythmische Lärm metallener Trommeln und Pauken und schneidend helltöniger Blasinstrumente. Erstaunt lauschte der fromme

Naturfreund hinüber und machte sich, da nichts zu sehen war, neugierig auf den Weg, die Art und Herkunft dieser barbarisch-festlichen Klänge auszukundschaften. Immer den Tönen folgend, verließ er den Garten, dessen Tor weit offen stand, und verfolgte den grasigen Fahrweg durch eine freundliche Landschaft von Hausgärten, Palmenpflanzungen und lachend hellgrünen Reisfeldern, bis er, um die hohe Ecke eines Gartens biegend, in eine dörflich anmutende Gasse von indischen Hütten gelangte. Die kleinen Häuschen waren aus Lehm oder auch nur aus Bambusgestänge erbaut, die Dächer mit trockenen Palmblättern gedeckt, in allen Türöffnungen standen und hockten braune Hindufamilien. Mit Neugierde sah er die Leute an und tat den ersten Blick in das dörfliche Leben des fremden Naturvolkes, und vom ersten Augenblick an gewann er die braunen Menschen lieb, deren schöne kindliche Augen wie in einer unbewußten und unerlösten Traurigkeit blickten. Schöne Frauen schauten aus mächtigen Flechten langen, tiefschwarzen Haares hervor, still und rehhaft; sie trugen mitten im Gesicht sowie an den Hand- und Fußgelenken silbernen Schmuck und Ringe an den Fußzehen. Kleine Kinder standen vollkommen nackt und trugen nichts am Leibe als an dünner Bastschnur ein seltsames Amulett aus Silber oder aus Horn.

Noch immer schallte die tolle Musik, nun ganz in der Nähe, und an der Ecke der nächsten Gasse hatte er gefunden, was er suchte. Da stand ein unheimlich sonderbares Gebäude von äußerst phantastischer Form und beängstigender Höhe, ein ungeheures Tor in der Mitte, und indem er daran empor staunte, fand er die ganze riesengroße Fläche des Bauwerks aus lauter steinernen Figuren von fabelhaften Tieren, Menschen und Göttern oder Teufeln zusammengesetzt, die sich zu Hunderten bis an die ferne schmale Spitze des Tempels hinantürmten, ein Wald und wildes Geflecht von Leibern, Gliedern und Köpfen. Dieser erschreckende Steinkoloß, ein großer Hindutempel, leuchtete heftig in den waagrechten Strahlen der späten Abendsonne und erzählte dem verblüfften Fremdling deutlich, daß diese tierhaft sanften, halbnackten Menschen eben doch keineswegs ein paradiesisches Naturvolk waren, sondern seit einigen tausend Jahren schon Gedanken und Götter, Künste und Religionen besaßen.

Die schallende Paukenmusik war soeben verstummt, und es kamen aus dem Tempel viele fromme Inder in weißen und farbigen Gewändern, voran und vornehm abgetrennt eine kleine feierliche Schar von Brahmanen, hochmütig in tausendjährig erstarrter Gelehrsamkeit und Würde. Sie schritten an dem weißen Manne so stolz vorüber wie Edelleute an einem Handwerksburschen, und weder sie noch die bescheideneren Gestalten, die ihnen folgten, sahen so aus, als hätten sie die geringste Neigung, sich von einem zugereisten Fremdling über göttliche und menschliche Dinge des Rechten belehren zu lassen.

Als der Schwarm verlaufen und der Ort stiller geworden war, näherte sich Robert Aghion dem Tempel und begann in verlegener Teilnahme das Figurenwerk der Fassade zu studieren, ließ jedoch bald mit Betrübnis und Schrecken davon wieder ab; denn die groteske Allegoriensprache dieser Bildwerke verwirrte und ängstigte ihn nicht minder als der Anblick einiger Szenen von schamloser Obszönität, die er naiv mitten zwischen dem Göttergewimmel dargestellt fand.

Während er sich abwandte und nach einem Rückweg ausblickte, erloschen der Tempel und die Gassen plötzlich; ein kurzes zuckendes Farbenspiel lief über den Himmel, und rasch brach die Nacht herein. Das unheimlich schnelle Eindunkeln, obwohl er es längst kannte, überfiel den jungen Missionar mit einem leichten Schauder. Zugleich mit dem Anbruch der Dämmerung begann aus allen Bäumen und Gebüschen ringsum ein grelles Singen und Lärmen von tausenden Insekten, und in der Ferne erhob sich das Wut- oder Klagegeschrei eines Tieres mit fremden wilden Tönen. Eilig suchte Aghion seinen Heimweg, fand ihn glücklich wieder und hatte die kleine Strecke Weges noch nicht völlig zurückgelegt, als schon das ganze Land in tiefer Nachtfinsternis und der hohe schwarze Himmel voll von Sternen stand.

Im Hause, wo er nachdenklich und zerstreut ankam und sich dem ersten erleuchteten Raume näherte, empfing ihn Mister Bradley mit den Worten: »So, da sind Sie. Sie sollten aber fürs erste so spät am Abend nicht mehr ausgehen, es ist nicht ohne Gefahr. Übrigens, können Sie gut mit Gewehren umgehen?«

»Mit Gewehren? Nein, das habe ich nicht gelernt.«

»Dann lernen Sie es bald ... Wo waren Sie denn heut abend?«

Aghion erzählte voll Eifer. Er fragte begierig, welcherlei Religion jener Tempel angehöre und welcherlei Götter- oder Götzendienst darin getrieben werde, was die vielen Figuren bedeuteten und was die seltsame Musik, ob die schönen stolzen Männer in weißen Kleidern Priester seien und wie denn ihre Götter hießen. Allein hier erlebte er die erste Enttäuschung. Von allem, was er da fragte, wollte sein Ratgeber gar nichts wissen. Er erklärte, daß kein Mensch sich in dem scheußlichen Wirrwarr und Unflat dieser Götzendienste auskenne, daß die Brahmanen eine heillose Bande von Ausbeutern und Faulenzern seien und daß überhaupt diese Inder alle zusammen ein schweinisches Pack von Bettlern und Unholden wären, mit denen ein anständiger Engländer lieber gar nichts zu tun habe.

»Aber«, meinte Aghion zaghaft, »meine Bestimmung ist es doch gerade, diese verirrten Menschen auf den rechten Weg zu führen! Dazu muß ich sie kennen und lieben und alles von ihnen wissen …«

»Sie werden bald mehr von ihnen wissen, als Ihnen lieb sein wird. Natürlich müssen Sie Hindostani und später vielleicht noch andere von diesen infamen Niggersprachen lernen. Aber mit der Liebe werden Sie nicht weit kommen.«

»Oh, die Leute sehen aber doch recht gutartig aus!«

»Finden Sie? Nun, Sie werden ja sehen. Von dem, was Sie mit den Hindus vorhaben, verstehe ich nichts und will nicht darüber urteilen. Unsere Aufgabe ist es, diesem gottlosen Pack langsam ein wenig Kultur und einen schwachen Begriff von Anständigkeit beizubringen; weiter werden wir vielleicht niemals kommen!«

»Unsere Moral, oder was Sie Anständigkeit heißen, ist aber die Moral Christi, mein Herr!«

»Sie meinen die Liebe. Ja, sagen Sie nur einmal einem Hindu, daß Sie ihn lieben. Dann wird er Sie heute anbetteln und Ihnen morgen das Hemd aus dem Schlafzimmer stehlen!«

»Das ist möglich.«

»Das ist sogar ganz sicher, lieber Herr. Sie haben es hier gewissermaßen mit Unmündigen zu tun, die noch keine Ahnung von Ehrlichkeit und Recht haben, nicht mit gutartigen englischen Schulkindern, sondern mit einem Volk von schlauen braunen Lausbuben, denen jede Schändlichkeit einen Hauptspaß macht. Sie werden noch an mich denken!«

Aghion verzichtete traurig auf ein weiteres Fragen und

nahm sich vor, nun einmal vor allem fleißig und gehorsam alles zu lernen, was hier zu lernen wäre. Doch ob nun der strenge Bradley recht hatte oder nicht, schon seit dem Anblick des ungeheuern Tempels und der unnahbar stolzen Brahmanen war ihm sein Vorhaben und Amt in diesem Lande unendlich viel schwieriger erschienen, als er je zuvor gedacht hätte.

Am nächsten Morgen wurden die Kisten ins Haus gebracht, in denen der Missionar sein Eigentum aus der Heimat mit sich geführt hatte. Sorglich packte er aus, legte Hemden zu Hemden und Bücher zu Büchern und fand sich durch manche Gegenstände nachdenklich gestimmt. Es fiel ihm ein kleiner Kupferstich in schwarzem Rahmen in die Hände, dessen Glas unterwegs zerbrochen war und der ein Bildnis des Herrn Defoe, des Verfassers von Robinson Crusoe, darstellte, und das alte, ihm von der frühen Kindheit an vertraute Gebetbuch seiner Mutter, alsdann aber als ermunternder Wegweiser in die Zukunft eine Landkarte von Indien, die ihm sein Oheim geschenkt, und zwei stählerne Netzbügel für den Schmetterlingsfang, die er sich selber noch in London hatte machen lassen. Einen von diesen legte er sogleich zum Gebrauch in den nächsten Tagen beiseite.

Am Abend war seine Habe verteilt und verstaut, der kleine Kupferstich hing über seinem Bette, und das ganze Zimmer war in saubere Ordnung gebracht. Die Beine seines Tisches und seiner Bettstatt hatte er, wie es ihm empfohlen worden war, in kleine irdene Näpfe gestellt und die Näpfe mit Wasser gefüllt, zum Schutz gegen die Ameisen. Mister Bradley war den ganzen Tag in Geschäften abwesend, und es war dem jungen Manne sonderbar, vom ehrfürchtigen Diener durch Zeichen zu den Mahlzeiten gelockt und dabei bedient zu werden, ohne daß er ein einziges Wort mit ihm reden konnte.

In der Frühe des folgenden Tages begann Aghions Arbeit. Es erschien und wurde ihm von Bradley vorgestellt der schöne dunkeläugige Jüngling Vyardenya, der sein Lehrmeister in der Hindostani-Sprache werden sollte. Der lächelnde junge Inder sprach nicht übel Englisch und hatte die besten Manieren; nur schreckte er ängstlich zurück, als der arglose Engländer ihm freundlich die Hand zur Begrüßung entgegenstreckte, und vermied auch künftighin jede körperliche Berührung mit dem Weißen, die ihn verunreinigt haben würde, da er einer hohen Kaste angehörte. Er wollte sich auch niemals auf einen Stuhl setzen, den vor ihm ein Fremder benutzt hatte, sondern brachte jeden Tag zusammengerollt unterm Arm seine eigene hübsche Bastmatte mit, die er auf dem Ziegelboden ausbreitete und auf welcher er mit gekreuzten Beinen edel und aufrecht saß. Sein Schüler, mit dessen Eifer er zufrieden sein konnte, suchte auch diese Kunst von ihm zu lernen und kauerte während seiner Lektionen stets auf einer ähnlichen Matte am Boden, obwohl ihm dabei in erster Zeit alle Glieder wehtaten, bis er daran gewöhnt wurde. Fleißig und geduldig lernte er Wort für Wort, mit den alltäglichen Begrüßungsformeln beginnend, die ihm der Jüngling unermüdet und lächelnd vorsprach, und stürzte sich jeden Tag mit neuem Mut in den Kampf mit den indischen Girr- und Gaumenlauten, die ihm zu Anfang als ein unartikuliertes Röcheln erschienen waren und die er nun alle zu unterscheiden und nachzuahmen lernte.

So merkwürdig das Hindostani war und so rasch die Vormittagsstunden mit dem höflichen Sprachlehrer vergingen, so waren doch die Nachmittage und gar die Abende lang genug, um den strebsamen Herrn Aghion die Einsamkeit fühlen zu lassen, in der er lebte. Sein Wirt, zu dem er in einem unklaren Verhältnisse stand und der ihm halb als Gönner, halb als eine Art Vorgesetzter entgegentrat, war wenig zu Hause; er kam meistens gegen Mittag zu Fuß oder zu Pferde aus der Stadt zurück, präsidierte als Hausherr beim Essen, zu dem er manchmal einen englischen Schreiber mitbrachte, und legte sich dann zwei, drei Stunden zum Rauchen und Schlafen auf die Veranda, um gegen Abend nochmals für einige Stunden in sein Kontor oder Magazin zu gehen. Zuweilen mußte er für mehrere Tage verreisen, um Produkte einzukaufen, und sein neuer Hausgenosse hatte wenig dagegen, da er mit dem besten Willen sich dem rauhen und wortkargen Geschäftsmann nicht befreunden konnte. Auch gab es manches in der Lebensführung Mister Bradleys, was dem Missionar nicht gefallen konnte. Unter anderem kam es zuweilen vor, daß Bradley am Feierabend mit jenem Schreiber zusammen bis zur Trunkenheit eine Mischung von Wasser, Rum und Limonadensaft genoß; dazu hatte er in der ersten Zeit den jungen Geistlichen mehrmals eingeladen, aber stets von ihm eine sanfte Absage erhalten.

Bei diesen Umständen war Aghions tägliches Leben nicht gerade kurzweilig. Er hatte versucht, seine ersten schwachen Sprachkenntnisse anzuwenden, indem er an den langen öden Nachmittagen, wo das hölzerne Haus ringsum von der stechenden Hitze belagert lag, sich zur Dienerschaft in die Küche begab und sich mit den Leuten zu unterhalten suchte. Der mohammedanische Koch zwar gab ihm keine Antwort und war so hochmütig, daß er ihn gar nicht zu sehen schien, der Wasserträger aber und der Hausjunge, die beide stundenlang müßig auf ihren Matten hockten und Betel kauten, hatten nichts dagegen, sich an den angestrengten Sprechversuchen des Masters zu belustigen.

Eines Tages erschien aber Bradley in der Küchentür, als gerade die beiden Schlingel sich über einige Irrtümer und Wortverwechslungen des Missionars vor Vergnügen auf die mageren Schenkel klatschten. Bradley sah der Lustbarkeit mit verbissenen Lippen zu, gab blitzschnell dem Boy eine Ohrfeige, dem Wasserträger einen Fußtritt und zog den erschrockenen Aghion stumm mit sich davon. In seinem Zimmer sagte er dann ärgerlich: »Wie oft muß ich Ihnen noch sagen, daß Sie sich nicht mit den Leuten einlassen sollen! Sie verderben mir die Burschen, selbstverständlich in der besten Absicht, und ohnehin geht es nicht an, daß ein Engländer sich vor diesen braunen Schelmen zum Hanswurst macht!«

Er war wieder davongegangen, noch ehe der beleidigte Aghion sich rechtfertigen konnte.

Unter Menschen kam der vereinsamte Missionar nur am Sonntag, wo er regelmäßig zur Kirche ging, auch selbst einmal für den wenig arbeitsamen englischen Pfarrer die Predigt übernahm. Aber er, der daheim vor den Bauern und Wollwebern seiner Gegend mit Liebe gepredigt hatte, fand sich hier, vor einer kühlen Gemeinde von reichen Geschäftsleuten, müden, kränklichen Damen und lebenslustigen jungen Angestellten, fremd und ernüchtert.

Wenn er nun über dem Betrachten seiner Lage zuweilen recht betrübt wurde und sich erbarmenswert vorkam, so gab es einen Trost für sein Gemüt, der niemals versagte. Dann rüstete er sich zu einem Ausflug, hängte die Botanisierbüchse um und nahm das Netz zur Hand, das er mit einem langen schlanken Bambusstab versehen hatte. Gerade das, worüber die meisten anderen Engländer sich bitter zu beklagen pflegten, die glühende Sonnenhitze und das ganze indische Klima, war ihm lieb und schien ihm herrlich;

denn er hielt sich an Leib und Seele frisch und ließ keine Erschlaffung aufkommen. Für seine Naturstudien und Liebhabereien vollends war dieses Land eine unermeßliche Weide, auf Schritt und Tritt hielten unbekannte Bäume, Blumen, Vögel, Insekten ihn auf, die er mit der Zeit alle namentlich kennenzulernen beschloß. Seltsame Eidechsen und Skorpione, riesengroße dicke Tausendfüßler und anderes Koboldzeug erschreckte ihn selten mehr, und seit er eine dicke Schlange in der Badekammer mutig mit dem hölzernen Eimer erschlagen hatte, fühlte er seine Bangnis vor unheimlicher Tiergefahr immer mehr dahinschwinden.

Als er zum erstenmal mit seinem Netz nach einem großen prächtigen Schmetterling schlug, als er ihn gefangen sah und mit vorsichtigen Fingern das stolze strahlende Tier an sich nahm, dessen breite Flügel alabastern glänzten und mit dem duftigsten Farbenflaum behaucht waren, da schlug ihm das Herz in einer unbändigen Freude, wie er sie nicht mehr empfunden hatte, seit er als Knabe seinen ersten Schwalbenschwanz erbeutet hatte. Fröhlich gewöhnte er sich an die Unbequemlichkeiten des Dschungels und verzagte nicht, wenn er im Urwald tief in versteckte Schlammgruben einbrach, von heulenden Affenherden verhöhnt und von wütenden Ameisenvölkern überfallen wurde. Nur einmal lag er zitternd und betend hinter einem ungeheuren Gummibaum auf den Knien, während in der Nähe wie ein Gewitter und Erdbeben ein Trupp von Elefanten durchs dichte Gehölz brach. Er gewöhnte sich daran, in seinem luftigen Schlafzimmer frühmorgens vom rasenden Affengebrüll aus dem nahen Walde geweckt zu werden und bei Nacht das heulende Schreien der Schakale zu hören. Seine Augen glänzten hell und wachsam aus dem gemagerten, braun und männlich gewordenen Gesicht.

Auch in der Stadt und noch lieber in den friedlichen gartenartigen Außendörfern sah er sich immer besser um, und die Hinduleute gefielen ihm desto mehr, je mehr er von ihnen sah. Störend und äußerst peinlich war ihm nur die Sitte der unteren Stände, ihre Frauen mit nacktem Oberkörper laufen zu lassen. Nackte Frauenhälse und -arme und Frauenbrüste auf der Gasse zu sehen, daran konnte der Missionar sich schwer gewöhnen, obgleich es häufig sehr hübsch aussah.

Nächst dieser Anstößigkeit machte nichts ihm so viel zu schaffen und zu denken wie die Rätsel, die ihm das geistige Leben dieser Menschen entgegenhielt. Wohin er blicken mochte, überall war Religion. In London konnte man gewiß am höchsten kirchlichen Feiertag nicht so viel Frömmigkeit wahrnehmen wie hier an jedem Werktag und in jeder Gasse; überall waren Tempel und Bilder, war Gebet und Opfer, waren Umzüge und Zeremonien, Büßer und Priester zu sehen. Aber wer wollte sich jemals in diesem wirren Knäuel von Religionen zurechtfinden? Da waren Brahmanen und Mohammedaner, Feueranbeter und Buddhisten, Diener des Schiwa und des Krischna, Turbanträger und Gläubige mit glattrasierten Köpfen, Schlangenanbeter und Diener heiliger Schildkröten. Wo war der Gott, dem alle diese Verirrten dienten? Wie sah er aus, und welcher Kultus von den vielen war der ältere, heiligere, reinere? Das wußte niemand, und namentlich den Indern selber war dies vollkommen einerlei; wer von dem Glauben seiner Väter nicht befriedigt war, der ging zu einem andern über oder zog als Büßer dahin, um eine neue Religion zu finden oder gar zu schaffen. Göttern und Geistern, deren Namen niemand wußte, wurden Speisen in kleinen Schalen geopfert, und alle diese hundert Gottesdienste, Tempel und Priesterschaften lebten vergnügt nebeneinander hin, ohne daß es den Anhängern des einen Glaubens einfiel, die anderen zu hassen oder totzuschlagen, wie es daheim in den Christenländern Sitte war. Vieles sogar sah sich hübsch und lieblich an, Flötenmusik und zarte Blumenopfer, und auf gar vielen frommen Gesichtern wohnte ein Friede und heiter stiller Glanz, den man in den Gesichtern der Engländer vergeblich suchte. Schön und heilig schien ihm auch das von den Hindus streng gehaltene Gebot, kein Tier zu töten, und er schämte sich zuweilen und suchte Rechtfertigung vor sich selbst, wenn er ohne Erbarmen einige schöne Schmetterlinge und Käfer umgebracht und auf Nadeln gespießt hatte. Andererseits waren unter diesen selben Völkern, denen jeder Wurm als Geschöpf Gottes heilig galt und die sich innig in Gebeten und Tempeldienst hingaben, Diebstahl und Lüge, falsches Zeugnis und Vertrauensbruch ganz alltägliche Dinge, über die keine Seele sich empörte oder nur wunderte. Je mehr es der wohlmeinende Glaubensbote bedachte, desto mehr schien ihm dieses Volk zum undurchdringlichen Rätsel zu werden, das jeder Logik und Theorie hohnsprach. Der Diener, mit dem er trotz Bradleys Verbot bald wieder Gespräche pflog und der soeben ein Herz und eine Seele mit ihm zu sein schien, stahl ihm eine Stunde später ein baumwollenes Hemd, und als er ihn mit liebreichem Ernst zur Rede stellte, leugnete er zuerst unter Schwüren, gab dann lächelnd alles zu, zeigte das Hemd her und sagte zutraulich, es habe ja schon ein kleines Loch, und so habe er gedacht, der Master werde es gewiß nicht mehr tragen mögen.

Ein anderes Mal setzte ihn der Wasserträger in Erstaunen. Dieser Mann erhielt seinen Lohn und sein Essen dafür, daß er täglich die Küche und die Badekammer aus der nächsten Zisterne her mit Wasser versorgte. Er tat diese Arbeit stets am frühen Morgen und am Abend, den ganzen übrigen Tag saß er in der Küche oder in der Dienerhütte und kaute entweder Betel oder ein Stückchen Zuckerrohr. Einmal, da der andere Diener ausgegangen war, gab ihm Aghion ein Beinkleid zum Ausbürsten, das von einem Spaziergang her voll von Grassamen hing. Der Mann lachte nur und streckte die Hände auf den Rücken, und als der Missionar unwillig wurde und ihm streng befahl, sofort die kleine Arbeit zu tun, folgte er zwar endlich, tat die Verrichtung aber unter Murren und Tränen, setzte sich dann trostlos in die Küche und schalt und tobte eine Stunde lang wie ein Verzweifelter. Mit unendlicher Mühe und nach Überwindung vieler Mißverständnisse brachte Aghion an den Tag, daß er den Menschen schwer beleidigt habe durch den Befehl zu einer Arbeit, die nicht zu seinem Amte gehörte.

Alle diese kleinen Erfahrungen traten, sich allmählich verdichtend, wie zu einer Glaswand zusammen, die den Missionar von seiner Umgebung abtrennte und in eine immer peinlichere Einsamkeit verwies. Desto heftiger, ja mit einer gewissen verzweifelten Gier lag er seinen Sprachstudien ob, in denen er gute Fortschritte machte und die ihm, wie er sehnlichst hoffte, dies fremde Volk doch noch erschließen sollten. Immer häufiger konnte er es nun wagen, Eingeborene auf der Straße anzureden, er ging ohne Dolmetscher zum Schneider, zum Krämer, zum Schuhmacher.

Manchmal gelang es ihm, mit einfachen Leuten ins Geplauder zu kommen, etwa indem er einem Handwerker sein Werk, einer Mutter ihren Säugling freundlich betrachtete und lobte, und aus Worten und Blicken dieser Heidenmenschen, namentlich aber aus ihrem guten, kindlichen, seligen Lachen, sprach ihn oft die Seele des fremden Volkes so klar und brüderlich an, daß für Augenblicke alle Schranken fielen und das Gefühl der Fremdheit sich verlor.

Schließlich meinte er entdeckt zu haben, daß Kinder und einfache Leute vom Lande ihm fast immer zugänglich seien, ja, daß alle Schwierigkeiten, alles Mißtrauen und alle Verderbnis der Städter nur von der Berührung mit den europäischen Schiffs- und Handelsleuten herkomme. Von da an wagte er sich, häufig zu Pferde, auf Ausflügen immer weiter ins Land hinein. Er trug Kupfermünzen und manchmal auch Zuckerstücke für die Kinder in der Tasche, und wenn er weit drinnen im hügeligen Lande vor einer bäuerlichen Lehmhütte sein Pferd an eine Palme band und, unter das Schilfdach tretend, grüßte und um einen Trunk Wasser oder Kokosmilch bat, so ergab sich fast jedesmal eine harmlos freundliche Bekanntschaft und ein Geplauder, bei dem Männer, Weiber und Kinder über seine noch mangelhafte Kenntnis der Sprache oft im fröhlichsten Erstaunen hellauf lachten, was er gar nicht ungerne sah.

Noch machte er keinerlei Versuche, den Leuten bei solchen Anlässen vom lieben Gott zu erzählen. Es schien ihm das nicht nur nicht eilig, sondern auch überaus heikel und fast unmöglich zu sein, da er für alle die geläufigen Ausdrücke des biblischen Glaubens durchaus keine indischen Worte finden konnte. Außerdem fühlte er kein Recht, sich zum Lehrer dieser Leute aufzuwerfen und sie zu wichtigen Änderungen in ihrem Leben aufzufordern, ehe er dieses Leben genau kannte und fähig war, mit den Hindus einigermaßen auf gleichem Fuße zu leben und zu reden.

Dadurch dehnten seine Studien sich weiter aus. Er suchte Leben, Arbeit und Erwerb der Eingeborenen kennenzulernen, er ließ sich Bäume und Früchte zeigen und benennen, Haustiere und Geräte, er erforschte nach und nach die Geheimnisse des nassen und des trockenen Reisbaues, der Gewinnung des Bastes und der Baumwolle, er betrachtete Hausbau und Töpferei, Strohflechten und Webearbeiten, worin er von der Heimat her Bescheid wußte. Er sah dem Pflügen schlammiger Reisfelder mit rosenroten fetten Wasserbüffeln zu, er lernte die Arbeit des gezähmten Elefanten kennen und sah zahme Affen für ihre Herren die Kokosnüsse von den Bäumen holen.

Auf einem seiner Ausflüge, in einem friedvollen Tal zwischen hohen grünen Hügeln, überraschte ihn einst ein wilder Gewitterregen, vor welchem er in der nächsten Hütte, die er erreichen konnte, einen Unterstand suchte. Er fand in dem engen Raum zwischen lehmbekleideten Bambuswänden eine kleine Familie versammelt, die den hereintretenden Fremdling mit scheuem Erstaunen begrüßte. Die Hausmutter hatte ihr graues Haar mit Henna feurigrot gefärbt und zeigte, da sie zum Empfang aufs freundlichste lächelte, einen Mund voll ebenso roter Zähne, die ihre Leidenschaft für das Betelkauen verrieten. Ihr Mann war ein großer, ernst blikkender Mensch mit langen, noch dunklen Haaren. Er erhob sich vom Boden und nahm eine königlich aufrechte Haltung an, tauschte Begrüßungsworte mit dem Gast und bot ihm alsbald eine frisch geöffnete Kokosnuß an, von deren süßlichem Safte der Engländer einen Schluck genoß. Ein kleiner Knabe, der bei seinem Eintritt still in die Ecke hinter der steinernen Feuerstelle geflohen war, blitzte von dort unter einem Wald von glänzend schwarzen Haaren hervor mit ängstlich neugierigen Augen; auf seiner dunklen Brust schimmerte ein messingenes Amulett, das seinen einzigen Schmuck und seine einzige Kleidung bildete. Einige große Bananenbündel schwebten über der Türe zur Nachreife aufgehängt; in der ganzen Hütte, die all ihr Licht nur durch die offene Tür erhielt, war keine Armut, wohl aber die äußerste Einfachheit und eine hübsche, reinliche Ordnung zu bemerken.

Ein leises, aus allerfernsten Kindererinnerungen emporduftendes Heimatgefühl, das den Reisenden so leicht beim Anblick zufriedener Häuslichkeit übernimmt, ein leises Heimatgefühl, das er in dem Bungalow des Herrn Bradley niemals gespürt hatte, kam über den Missionar, und es schien ihm beinahe so, als sei seine Einkehr hier nicht nur die eines vom Regen überfallenen Wanderers, sondern als wehe ihm, der sich in trüben Lebenswirrsalen verlaufen, endlich einmal wieder Sinn und Frohmut eines richtigen, natürlichen, in sich begnügten Lebens entgegen. Auf dem dichten Schilfblätterdach der Hütte rauschte und trommelte leidenschaftlich der wilde Regen und hing vor der Tür dick und blank wie eine Glaswand.

Die Alten unterhielten sich mit ihrem ungewöhnlichen Gaste, und als sie am Ende mit Höflichkeit die natürliche Frage stellten, was denn seine Ziele und Absichten in diesem Lande seien, kam er in Verlegenheit und begann von anderem zu reden. Wieder, wie schon oft, wollte es dem bescheidenen Aghion als eine ungeheuerliche Frechheit und Überhebung erscheinen, daß er als Abgesandter eines fernen Volkes hierhergekommen sei mit der Absicht, diesen Menschen ihren Gott und Glauben zu nehmen und einen anderen dafür aufzunötigen. Immer hatte er gedacht, diese Scheu würde sich verlieren, sobald er nur die Hindusprache besser beherrsche; aber heute ward ihm unzweifelhaft klar, daß dies eine Täuschung gewesen war und daß er, je besser er das braune Volk verstand, desto weniger Recht und Lust in sich verspürte, herrisch in das Leben dieses Volkes einzugreifen.

Der Regen ließ nach, und das mit der fetten roten Erde durchsetzte Wasser in der hügeligen Gasse lief davon, Sonnenstrahlen drangen zwischen den naß glänzenden Palmenstämmen hervor und spiegelten sich grell und blendend in den blanken Riesenblättern der Pisangbäume. Der Missionar bedankte sich bei seinen Wirten und machte Miene sich zu verabschieden, da fiel ein Schatten auf den Boden, und der kleine Raum verfinsterte sich. Schnell wandte er sich um und sah durch die Tür eine Gestalt lautlos auf nackten Sohlen hereintreten, eine junge Frau oder ein Mädchen, die bei seinem unerwarteten Anblick erschrak und zu dem Knaben hinter die Feuerstatt floh.

»Sag dem Herrn guten Tag!« rief ihr der Vater zu, und sie trat schüchtern zwei Schritte vor, kreuzte die Hände vor der Brust und verneigte sich mehrmals. In ihrem dicken tiefschwarzen Haar schimmerten Regentropfen; der Engländer legte freundlich und befangen seine Hand darauf und sprach einen Gruß, und während er das weiche geschmeidige Haar lebendig in seinen Fingern fühlte, hob sie das Gesicht zu ihm auf und lächelte freundlich aus wunderschönen Augen. Um den Hals trug sie eine Korallenkette und am einen Fußgelenk einen schweren goldenen Ring, sonst nichts als das dicht unter den Brüsten gegürtete rotbraune Untergewand. So stand sie in ihrer Schönheit vor dem erstaunten Fremden; die Sonnenstrahlen spiegelten sich matt in ihrem Haar und auf ihren braunen blanken Schultern, blitzend funkelten die Zähne aus dem jungen Munde. Robert Aghion sah sie mit Entzücken an und suchte tief in ihre stillen sanften Augen zu blicken, wurde aber schnell verlegen; der feuchte Duft ihrer Haare und der Anblick ihrer nackten Schultern und Brüste verwirrten ihn, so daß er bald vor ihrem unschuldigen Blick die Augen niederschlug. Er griff in die Tasche und holte eine kleine stählerne Schere hervor, mit der er sich Nägel und Bart zu schneiden pflegte und die ihm auch beim Pflanzensammeln diente; die schenkte er dem schönen Mädchen und wußte wohl, daß dies eine recht kostbare Gabe sei. Sie nahm das Ding denn auch befangen und in beglücktem Erstaunen an sich, während die Eltern sich in Dankesworten erschöpften, und als er nun Abschied nahm und ging, da folgte sie ihm bis unter das Vordach der Hütte, ergriff seine linke Hand und küßte sie. Die laue, zärtliche Berührung dieser blumenhaften Lippen rann dem Manne ins Blut, am liebsten hätte er sie auf den Mund geküßt. Statt dessen nahm er ihre beiden Hände in seine Rechte, sah ihr in die Augen und sagte: »Wie alt bist du?«

»Das weiß ich nicht«, gab sie zur Antwort.

»Und wie heißt du denn?«

»Naissa.«

»Leb wohl, Naissa, und vergiß mich nicht!«

»Naissa vergißt den Herrn nicht.«

Er ging von dannen und suchte den Heimweg, tief in Gedanken, und als er spät in der Dunkelheit ankam und in seine Kammer trat, bemerkte er erst jetzt, daß er heute keinen einzigen Schmetterling oder Käfer, nicht Blatt noch Blume von seinem Ausflug mitgebracht hatte. Seine Wohnung aber, das öde Junggesellenhaus mit den herumlungernden Dienern und dem kühlen mürrischen Herrn Bradley, war ihm noch nie so unheimlich und trostlos erschienen wie in dieser Abendstunde, da er bei seiner kleinen Öllampe am wackligen Tischlein saß und in der Bibel zu lesen versuchte. In dieser Nacht, als er nach langer Gedankenunruhe und trotz der singenden Moskitos endlich den Schlaf gefunden hatte, wurde der Missionar von sonderbaren Träumen heimgesucht.

Er wandelte in einem dämmernden Palmenhain, wo gelbe Sonnenflecken auf dem rotbraunen Boden spielten. Papageien riefen aus der Höhe, Affen turnten tollkühn an den unendlich hohen Baumsäulen, kleine edelsteinblitzende Vögel leuchteten kostbar auf, Insekten jeder Art gaben durch Töne, Farben oder Bewegungen ihre Lebensfreude kund. Der Missionar spazierte dankbar und beglückt inmitten dieser Pracht; er rief einen seiltanzenden Affen an, und siehe, das flinke Tier kletterte gehorsam zur Erde und stellte sich wie ein Diener mit Gebärden der Ergebenheit vor Aghion auf. Dieser sah ein, daß er in diesem seligen Bezirk der Kreatur zu gebieten habe, und alsbald berief er die Vögel und Schmetterlinge um sich, und sie kamen in großen glänzenden Scharen, er winkte und taktierte mit den Händen, nickte mit dem Kopf, befahl mit Blicken und Zungenschnalzen, und gefügig ordneten sich alle die herrlichen Tiere in der goldigen Luft zu schönen schwebenden Reigen und Festzügen, pfiffen und summten, zirpten und rollten in feinen Chören, suchten und flohen, verfolgten und haschten einander, beschrieben feierliche Kreise und schalkhafte Spiralen in der Luft. Es war ein glänzendes herrliches Ballett und Konzert und ein wiedergefundenes Paradies, und der Träumer verweilte in dieser harmonischen Zauberwelt, die ihm gehorchte und zu eigen war, mit einer beinahe schmerzlichen Lust; denn in all dem Glück war doch schon ein leises Ahnen oder Wissen enthalten, ein Vorgeschmack von Unverdientheit und Vergänglichkeit, wie ihn ein frommer Missionar ohnehin bei jeder Sinnenlust auf der Zunge haben muß.

Dieser ängstliche Vorgeschmack trog dann auch nicht. Noch schwelgte der entzückte Naturfreund im Anblick einer Affenquadrille und liebkoste einen ungeheuren blauen

Sammetfalter, der sich vertraulich auf seine linke Hand gesetzt hatte und sich wie ein Täubchen streicheln ließ, aber schon begannen Schatten der Angst und Auflösung in dem Zauberhain zu flattern und das Gemüt des Träumers zu umhüllen. Einzelne Vögel schrien plötzlich grell und angstvoll auf, unruhige Windstöße erbrausten in den hohen Wipfeln, das frohe warme Sonnenlicht wurde fahl und siech, die Vögel huschten nach allen Seiten davon, und die schönen großen Falter ließen sich in wehrlosem Schrecken vom Winde davonführen. Regentropfen klatschten erregt auf den Baumkronen, ein ferner leiser Donner rollte langsam austönend über das Himmelsgewölbe.

Da betrat Mister Bradley den Wald. Der letzte bunte Vogel war entflogen. Hünenhaft groß von Gestalt und finster wie der Geist eines erschlagenen Königs kam Bradley heran, spuckte verächtlich vor dem Missionar aus und begann ihm in verletzenden, höhnischen, feindseligen Worten vorzuwerfen, er sei ein Gauner und Tagedieb, der sich von seinem Londoner Patron für die Bekehrung der Heiden anstellen und bezahlen lasse, statt dessen aber nichts tue als müßiggehen, Käfer fangen und spazierenlaufen. Und Aghion mußte in Zerknirschung eingestehen, jener habe recht und er sei all dieser Versäumnis schuldig. Es erschien nun jener mächtige reiche Patron aus England, Aghions Brotgeber, sowie mehrere englische Geistliche, und diese zusammen mit Bradley trieben und hetzten den Missionar vor sich her durch Busch und Dorn, bis sie auf eine volkreiche Straße und in jene Vorstadt von Bombay kamen, wo der turmhohe groteske Hindutempel stand. Hier flutete eine bunte Menschenmenge aus und ein, nackte Kulis und weißgekleidete stolze Brahmanen, dem Tempel gegenüber aber war eine christliche Kirche errichtet, und über ihrem Portal war Gottvater in Stein gebildet, in Wolken schwebend mit ernstem Vaterauge und fließendem Bart.

Auf die Stufen des Gotteshauses schwang sich der bedrängte Missionar, winkte mit den Armen und begann den Hinduleuten zu predigen. Mit lauter Stimme forderte er sie auf herzuschauen und zu vergleichen, wie anders der wahre Gott beschaffen sei als ihre armen Fratzengötter mit den vielen Armen und Rüsseln. Mit ausgestrecktem Finger wies er auf das verschlungene Figurenwerk der indischen Tempelfassade, und dann wies er einladend auf das Gottesbild seiner Kirche. Aber wie sehr erschrak er da, als er seiner eigenen Gebärde folgend emporblickte; denn Gottvater hatte sich verändert, er hatte drei Köpfe und sechs Arme bekommen und hatte statt des etwas blöden und machtlosen Ernstes ein überlegen vergnügtes Lächeln in den Gesichtern, genau wie es die indischen Götterbilder nicht selten zeigten. Verzagend sah sich der Prediger nach Bradley, nach dem Patron und der Geistlichkeit um; sie waren aber alle verschwunden, er stand allein und kraftlos auf den Stufen der Kirche, und nun verließ ihn auch Gottvater selbst, denn er winkte mit seinen sechs Armen zu dem Tempel hinüber und lächelte den Hindugöttern mit göttlicher Heiterkeit zu.

Vollständig verlassen, geschändet und verloren stand Aghion auf seiner Kirchentreppe. Er schloß die Augen und blieb aufrecht stehen, jede Hoffnung war in seiner Seele erloschen, und er wartete mit verzweifelter Ruhe darauf, von den Heiden gesteinigt zu werden. Statt dessen aber fühlte er sich, nach einer furchtbaren Pause, von einer starken, doch sanften Hand beiseite geschoben, und als er die Augen aufriß, sah er den steinernen Gottvater groß und ehrwürdig die Stufen herabschreiten, während gegenüber die Götterfiguren des Tempels in ganzen Scharen von ihren Schauplätzen herabstiegen. Sie alle wurden von Gottvater begrüßt, der sodann in den Hindutempel eintrat und mit freundlicher Gebärde die Huldigung der weißgekleideten Brahmanen entgegennahm. Die Heidengötter aber mit ihren Rüsseln, Ringellocken und Schlitzaugen besuchten einmütig die Kirche, fanden alles gut und hübsch und zogen viele Beter nach sich, und so entstand ein Umzug der Götter und Menschen zwischen Kirche und Tempel; Gong und Orgel tönten geschwisterlich ineinander, und stille dunkle Inder brachten auf nüchternen englisch-christlichen Altären Lotosblumen dar.

Mitten im festlichen Gedränge aber schritt mit den glatten, glänzend schwarzen Haaren und den großen kindlichen Augen die schöne Naissa. Sie kam zwischen vielen anderen Gläubigen vom Tempel herübergegangen, stieg die Stufen zur Kirche empor und blieb vor dem Missionare stehen. Sie sah ihm ernst und lieblich in die Augen, nickte ihm zu und bot ihm eine Lotosblüte hin. Er aber, in überwallendem Entzücken, beugt sich über ihr klares stilles Gesicht herab, küßt sie auf die Lippen und schließt sie in seine Arme.

Noch ehe er hatte sehen können, was Naissa dazu sagte, erwachte Aghion aus seinem Traume und fand sich müde und erschrocken in tiefer Dunkelheit auf seinem Lager hingestreckt. Eine schmerzliche Verwirrung aller Gefühle und Triebe quälte ihn bis zur Verzweiflung. Der Traum hatte ihm sein eigenes Selbst unverhüllt gezeigt, seine Schwäche und Verzagtheit, den Unglauben an seinen Beruf, seine Verliebtheit in die braune Heidin, seinen unchristlichen Haß gegen Bradley, sein schlechtes Gewissen dem englischen Brotgeber gegenüber.

Eine Weile lag er traurig und bis zu Tränen erregt im Dunkeln. Er versuchte zu beten und vermochte es nicht, er versuchte sich die Naissa als Teufelin vorzustellen und seine Neigung als verworfen zu erkennen und konnte auch das nicht. Am Ende erhob er sich, einer halbbewußten Regung folgend und noch von den Schatten und Schauern des Traumes umgeben; er verließ sein Zimmer und suchte Bradleys Stube auf, ebensosehr im triebhaften Bedürfnis nach Menschenanblick und Trost wie in der frommen Absicht, sich seiner Abneigung gegen diesen Mann zu schämen und durch Offenheit ihn zum Freunde zu machen.

Leise schlich er auf dünnen Bastsohlen die dunkle Veranda entlang bis zum Schlafzimmer Bradleys, dessen leichte Tür aus Bambusgestäbe nur bis zur halben Höhe der Türöffnung reichte und den hohen Raum schwach erleuchtet zeigte; denn jener pflegte, gleich vielen Europäern in Indien, die ganze Nacht hindurch ein kleines Öllicht zu brennen. Behutsam drückte Aghion die dünnen Türflügel nach innen und ging hinein.

Der kleine Öldocht schwelte in einem irdenen Schüsselchen am Boden des Gemachs und warf schwache ungeheure Schatten an den kahlen Wänden aufwärts. Ein brauner Nachtfalter umsurrte das Licht in kleinen Kreisen. Um die umfangreiche Bettstatt her war der große Moskitoschleier sorgfältig zusammengezogen. Der Missionar nahm die Lichtschale in die Hand, trat ans Bett und öffnete den Schleier eine Spanne weit. Eben wollte er des Schläfers Namen rufen, da sah er mit heftigem Erschrecken, daß Bradley nicht allein sei. Er lag, vom dünnen, seidenen Nachtkleide bedeckt, auf dem Rücken, und sein Gesicht mit dem emporgereckten Kinn sah um nichts zarter oder freundlicher aus als am Tage. Neben ihm aber lag nackt eine zweite Gestalt, eine Frau mit langen schwarzen Haaren. Sie lag auf der Seite und wendete dem Missionar das schlafende Gesicht zu, und er erkannte sie: es war das starke große Mädchen, das jede Woche die Wäsche abzuholen pflegte.

Ohne den Vorhang wieder zu schließen, floh Aghion hinaus und in sein Zimmer zurück. Er versuchte wieder zu schlafen, doch gelang es ihm nicht; das Erlebnis des Tages, der seltsame Traum und endlich der Anblick der nackten Schläferin hatten ihn gewaltig erregt. Zugleich war seine Abneigung gegen Bradley viel stärker geworden, ja er scheute sich vor dem Augenblick des Wiedersehens und der Begrüßung beim Frühstück. Am meisten aber quälte und bedrückte ihn die Frage, ob es nun seine Pflicht sei, dem Hausgenossen wegen seiner Lebensführung Vorwürfe zu machen und seine Besserung zu versuchen. Aghions ganze Natur war dagegen, aber sein Amt schien es von ihm zu fordern, daß er seine Feigheit überwinde und dem Sünder unerschrocken ins Gewissen rede.

Er zündete seine Lampe an und las, von den singenden Mücken umschwärmt und gepeinigt, stundenlang im Neuen Testament, ohne doch Sicherheit und Trost zu gewinnen. Beinahe hätte er ganz Indien fluchen mögen oder doch seiner Neugierde und Wanderlust, die ihn hierher und in diese Sackgasse geführt hatte. Nie war ihm die Zukunft so düster erschienen, und nie hatte er sich so wenig zum Bekenner und Märtyrer geschaffen gefühlt wie in dieser Nacht.

Zum Frühstück kam er mit unterhöhlten Augen und müden Zügen, rührte unfroh mit dem Löffel im duftenden Tee und schälte in verdrossener Spielerei lange Zeit an einer Banane herum, bis Herr Bradley erschien. Dieser grüßte kurz und kühl wie sonst, setzte den Boy und den Wasserträger durch laute Befehle in Trab, suchte sich mit langwieriger Umsicht die goldigste Frucht aus dem Bananenbüschel und aß dann rasch und herrisch, während im sonnigen Hof der Diener sein Pferd vorführte.

»Ich hatte noch etwas mit Ihnen zu besprechen«, sagte der Missionar, als der andere eben aufbrechen wollte. Argwöhnisch blickte Bradley auf.

»So? Ich habe sehr wenig Zeit. Muß es gerade jetzt sein?«

»Ja, es ist besser. Ich fühle mich verpflichtet, Ihnen zu sagen, daß ich von dem unerlaubten Umgange weiß, den Sie mit einem Hinduweib haben. Sie können sich denken, wie peinlich es mir ist ...«

»Peinlich!« rief Bradley aufspringend und brach in ein zorniges Gelächter aus. »Herr, Sie sind ein größerer Esel, als ich je gedacht hätte! Was Sie von mir halten, ist mir natürlich durchaus einerlei, daß Sie aber in meinem Hause herumschnüffeln und spionieren, finde ich niederträchtig. Machen wir die Sache kurz! Ich lasse Ihnen Zeit bis Sonntag. Bis dahin suchen Sie sich freundlichst eine neue Unterkunft in der Stadt; denn in diesem Haus werde ich Sie keinen Tag länger dulden!«

Aghion hatte eine barsche Abfertigung, nicht aber diese Antwort erwartet. Doch ließ er sich nicht einschüchtern.

»Es wird mir ein Vergnügen sein«, sagte er mit guter Haltung, »Sie von meiner lästigen Einquartierung zu befreien. Guten Morgen, Herr Bradley!«

Er ging weg, und Bradley sah ihm aufmerksam nach, halb betroffen, halb belustigt. Dann strich er sich den harten Schnurrbart, rümpfte die Lippen, pfiff seinem Hunde und stieg die Holztreppe zum Hof hinab, um in die Stadt zu reiten.

Beiden Männern war die kurze gewitterhafte Aussprache und Klärung der Lage willkommen. Aghion allerdings sah sich unerwartet vor Sorgen und Entschlüsse gestellt, die ihm bis vor einer Stunde noch in angenehmer Ferne geschwebt hatten. Aber je ernstlicher er seine Angelegenheiten bedachte und je deutlicher es ihm wurde, daß der Streit mit Bradley eine Nebensache, die Lösung seines ganzen verworrenen Zustandes aber nun eine unerbittliche Notwendigkeit geworden sei, desto klarer und wohler wurde ihm in den Gedanken. Das Leben in diesem Hause, das Brachliegen seiner Kräfte, alle die ungestillten Begierden und toten Stunden waren ihm zu einer Qual geworden, die seine einfältige Natur ohnehin nicht lange mehr ertragen hätte.

Es war noch früh am Morgen, und eine Ecke des Gartens, sein Lieblingsplatz, lag noch kühl im Schatten. Hier hingen die Zweige verwilderter Gebüsche über einen ganz kleinen, gemauerten Weiher nieder, der einst als Badestelle angelegt, aber verwahrlost und nun von einem Völkchen gelber Schildkröten bewohnt war. Hierher trug er seinen Bambusstuhl, legte sich nieder und sah den schweigsamen Tieren zu, welche träg und wohlig im lauen grünen Wasser schwammen und still aus klugen kleinen Augen blickten. Jenseits im Wirtschaftshofe kauerte in seinem Winkel der unbeschäftigte Stalljunge und sang; sein eintöniges näselndes Lied klang wie Wellenspiel herüber und zerfloß in der warmen Luft, und unversehens überfiel nach der schlaflosen erregten Nacht den Liegenden die Müdigkeit, er schloß die Augen, ließ die Arme sinken und schlief ein.

Als ein Mückenstich ihn weckte, sah er mit Beschämung, daß er fast den ganzen Vormittag verschlafen hatte. Aber er fühlte sich nun frisch und ging ungesäumt daran, seine Gedanken und Wünsche zu ordnen und die Wirrnis seines Lebens sachte auseinander zu falten. Da wurde ihm unzweifelhaft klar, was unbewußt seit langem ihn gelähmt und seine Träume beängstigt hatte, daß nämlich seine Reise nach Indien zwar durchaus gut und klug gewesen war, daß aber zum Missionar ihm der richtige innere Beruf und Antrieb fehle. Er war bescheiden genug, darin eine Niederlage und einen betrübenden Mangel zu sehen; aber zur Verzweiflung war kein Grund vorhanden. Vielmehr schien ihm jetzt, da er entschlossen war, sich eine angemessenere Arbeit zu suchen, das reiche Indien erst recht eine gute Zuflucht und Heimat zu sein. Mochte es traurig sein, daß alle diese Eingeborenen sich falschen Göttern verschrieben hatten – sein Beruf war es nicht, das zu ändern. Sein Beruf war, dieses Land für sich zu erobern und für sich und andere das Beste daraus zu holen, indem er sein Auge, seine Kenntnis, seine zur Tat gewillte Jugend darbrachte und überall bereitstand, wo eine Arbeit für ihn sich böte.

Noch am Abend desselben Tages wurde er, nach einer kurzen Besprechung, von einem in Bombay wohnhaften Herrn Sturrock als Sekretär und Aufseher für eine benachbarte Kaffeepflanzung angestellt. Einen Brief an seine bisherigen Brotgeber, worin Aghion sein Tun erklärte und sich zum spätern Ersatz des Empfangenen verpflichtete, versprach Sturrock nach London zu besorgen. Als der neue Aufseher in seine Wohnung zurückkehrte, fand er Bradley in Hemdärmeln allein beim Abendessen sitzen. Er teilte ihm, noch ehe er neben ihm Platz nahm, das Geschehene mit.

Bradley nickte mit vollem Munde, goß etwas Whisky in sein Trinkwasser und sagte fast freundlich: »Sitzen Sie, und bedienen Sie sich, der Fisch ist schon kalt. Nun sind wir ja eine Art von Kollegen. Na, ich wünsche Ihnen Gutes. Kaffee bauen ist leichter als Hindus bekehren, das ist gewiß, und möglicherweise ist es ebenso wertvoll. Ich hätte Ihnen nicht so viel Vernunft zugetraut, Aghion!«

Die Pflanzung, die er beziehen sollte, lag zwei Tagereisen weit landeinwärts, und übermorgen sollte Aghion in Begleitung einer Kulitruppe dorthin aufbrechen; so blieb ihm zum Besorgen seiner Angelegenheiten nur ein einziger Tag. Zu Bradleys Verwunderung erbat er sich für morgen ein Reitpferd, doch enthielt sich jener aller Fragen, und die beiden Männer saßen, nachdem sie die von tausend Insekten umflügelte Lampe hatten wegtragen lassen, in dem lauen, schwarzen indischen Abend einander gegenüber und fühlten sich einander näher als in all diesen vielen Monaten eines gezwungenen Zusammenlebens.

»Sagen Sie«, fing Aghion nach einem langen Schweigen an, »Sie haben sicher von Anfang an nicht an meine Missionspläne geglaubt?«

»O doch«, gab Bradley ruhig zurück. »Daß es Ihnen damit Ernst war, konnte ich ja sehen.«

»Aber Sie konnten gewiß auch sehen, wie wenig ich zu dem paßte, was ich hier tun und vorstellen sollte! Warum haben Sie mir das nie gesagt?«

»Ich war von niemand dazu angestellt. Ich liebe es nicht, wenn mir jemand in meine Sachen hineinredet; so tue ich das auch bei anderen nicht. Außerdem habe ich hier in Indien schon die verrücktesten Dinge unternehmen und gelingen sehen. Das Bekehren war Ihr Beruf, nicht meiner. Und jetzt haben Sie ganz von selber einige Ihrer Irrtümer eingesehen! So wird es Ihnen auch noch mit anderen gehen ...«

»Mit welchen zum Beispiel?«

»Zum Beispiel in dem, was Sie heut morgen mir an den Kopf geworfen haben.«

»Oh, wegen des Mädchens!«

»Gewiß. Sie sind ein Geistlicher gewesen; trotzdem werden Sie zugeben, daß ein gesunder Mann nicht jahrelang leben und arbeiten und gesund bleiben kann, ohne gelegentlich eine Frau bei sich zu haben. Mein Gott, darum brauchen Sie doch nicht rot zu werden! Nun sehen Sie: als Weißer in Indien, der sich nicht gleich eine Frau mit aus England herübergebracht hat, hat man wenig Auswahl. Es gibt keine englischen Mädchen hier. Die hier geboren werden, die schickt man schon als Kinder nach Europa heim. Es bleibt nur die Wahl zwischen den Matrosendirnen und den Hindufrauen, und die sind mir lieber. Was finden Sie daran schlimm?«

»Oh, hier verstehen wir uns nicht, Herr Bradley! Ich finde, wie es die Bibel und unsere Kirche vorschreibt, jede uneheliche Verbindung schlimm und unrecht!«

»Wenn man aber nichts anderes haben kann?«

»Warum sollte man nicht können? Wenn ein Mann ein Mädchen wirklich lieb hat, so soll er es heiraten.«

»Aber doch nicht ein Hindumädchen?«

»Warum nicht?«

»Aghion, Sie sind weitherziger als ich! Ich will mir lieber einen Finger abbeißen als eine Farbige heiraten, verstehen Sie? Und so werden Sie später auch einmal denken!«

»O bitte, das hoffe ich nicht. Da wir so weit sind, kann ich es Ihnen ja sagen: ich liebe ein Hindumädchen, und es ist meine Absicht, sie zu meiner Frau zu machen.«

Bradleys Gesicht wurde ernsthaft. »Tun Sie das nicht!« sagte er fast bittend.

»Doch, ich werde es tun«, fuhr Aghion begeistert fort. »Ich werde mich mit dem Mädchen verloben und sie dann so lange erziehen und unterrichten, bis sie die christliche Taufe erhalten kann; dann lassen wir uns in der englischen Kirche trauen.«

»Wie heißt sie denn?« fragte Bradley nachdenklich.

»Naissa.

»Und ihr Vater?«

»Das weiß ich nicht.«

»Na, bis zur Taufe hat es ja noch Zeit; überlegen Sie sich das lieber noch einmal! Natürlich kann sich unsereiner in ein indisches Mädel verlieben, sie sind oft hübsch genug. Sie sollen auch treu sein und zahme Frauen abgeben. Aber ich kann sie doch immer nur wie eine Art Tierchen ansehen, wie lustige Ziegen oder schöne Rehe, nicht wie meinesgleichen.« »Ist das nicht ein Vorurteil? Alle Menschen sind Brüder, und die Inder sind ein altes edles Volk.«

»Ja, das müssen Sie besser wissen, Aghion. Was mich betrifft, ich habe sehr viel Achtung vor Vorurteilen.«

Er stand auf, sagte gute Nacht und ging in sein Schlafzimmer, in dem er gestern die hübsche große Wäscheträgerin bei sich gehabt hatte. »Wie eine Art Tierchen«, hatte er gesagt, und Aghion lehnte sich nachträglich in Gedanken dagegen auf.

Früh am andern Tage, noch ehe Bradley zum Frühstück gekommen war, ließ Aghion das Reitpferd vorführen und ritt davon, während noch in den Baumwipfeln die Affen ihr Morgengeschrei verübten. Und noch stand die Sonne nicht hoch, als er schon in der Nähe jener Hütte, wo er die hübsche Naissa kennengelernt hatte, sein Tier anband und zu Fuß sich der Behausung näherte. Auf der Türschwelle saß nackt der kleine Sohn und spielte mit einer jungen Ziege, von der er sich lachend immer wieder vor die Brust stoßen ließ.

Eben als der Besucher vom Wege abbiegen wollte, um in die Hütte zu treten, stieg über den kauernden Jungen hinweg vom Innern der Hütte her ein junges Mädchen, das er sofort als Naissa erkannte. Sie trat auf die Gasse, einen hohen irdenen Wasserkrug leer in der losen Rechten tragend, und ging, ohne ihn zu beachten, vor Aghion her, der ihr mit Entzücken folgte. Bald hatte er sie eingeholt und rief ihr einen Gruß zu. Sie hob den Kopf, indem sie das Grußwort leise erwiderte, und sah aus den schönen braungoldenen Augen kühl auf den Mann, als kenne sie ihn nicht, und als er ihre Hand ergriff, zog sie sie erschrocken zurück und lief mit beschleunigten Schritten weiter. Er begleitete sie bis zu dem gemauerten Wasserbehälter, wo das Wasser einer schwachen Quelle dünn und sparsam über moosig-alte Steine rann; er wollte ihr helfen, den Krug zu füllen und emporzuziehen, aber sie wehrte ihn schweigend ab und machte ein trotziges Gesicht. Er war über so viel Sprödigkeit erstaunt und enttäuscht, und jetzt suchte er aus seiner Tasche das Geschenk hervor, das er für sie mitgebracht hatte, und es tat ihm nun doch ein wenig weh zu sehen, wie sie alsbald die Abwehr vergaß und nach dem Dinge griff, das er ihr anbot. Es war eine emaillierte kleine Dose mit hübschen Blumenbildchen darauf, und die innere Seite des runden Deckels bestand aus einem kleinen Spiegel. Er zeigte ihr, wie man ihn öffne, und gab ihr das Ding in die Hand.

»Für mich?« fragte sie mit Kinderaugen.

»Für dich!« sagte er, und während sie mit der Dose spielte, streichelte er ihren sammetweichen Arm und ihr langes schwarzes Haar.

Da sie ihm nun Dank sagte und mit unentschlossener Gebärde den vollen Wasserkrug ergriff, versuchte er, ihr etwas Liebes und Zärtliches zu sagen, was sie jedoch offenbar nur halb verstand, und indem er sich auf Worte besann und unbeholfen neben ihr stand, schien ihm plötzlich die Kluft zwischen ihm und ihr ungeheuer, und er dachte mit Trauer, wie wenig doch vorhanden sei, das ihn mit ihr verbinde, und wie lange, lange es dauern mochte, bis sie einmal seine Braut und seine Freundin sein, seine Sprache verstehen, sein Wesen begreifen, seine Gedanken teilen könnte.

Mittlerweile hatte sie langsam den Rückweg angetreten, und er ging neben ihr her, der Hütte entgegen. Der Knabe war mit der Ziege in einem atemlosen Jagdspiel begriffen; sein schwarzbrauner Rücken glänzte metallisch in der Sonne, und sein geblähter Reisbauch ließ die Beine zu dünn erscheinen. Mit einem Anflug von Befremdung dachte der Engländer daran, daß, wenn er Naissa heirate, dieses Naturkind sein Schwager sein würde. Um sich diesen Vorstellungen zu entziehen, sah er das Mädchen wieder an. Er betrachtete ihr entzückend feines, großäugiges Gesicht mit dem kühlen kindlichen Munde und mußte denken, ob es ihm wohl glücken werde, heute noch von diesen Lippen den ersten Kuß zu erhalten.

Aus diesem lieblichen Gedanken schreckte ihn eine Erscheinung, die plötzlich aus der Hütte trat und wie ein Spuk vor seinen ungläubigen Augen stand. Es erschien im Türrahmen, schritt über die Schwelle und stand vor ihm eine zweite Naissa, ein Spiegelbild der ersten, und das Spiegelbild lächelte ihm zu und grüßte ihn, griff in ihr Hüftentuch und zog etwas hervor, das sie triumphierend über ihrem Haupte schwang, das blank in der Sonne glitzerte und das er nach einer Weile denn auch erkannte. Es war die kleine Schere, die er kürzlich Naissa geschenkt hatte, und das Mädchen, dem er heute die Spiegeldose gegeben, in dessen schöne Augen er geblickt und dessen Arm er gestreichelt hatte, war gar nicht Naissa, sondern deren Schwester, und wie die beiden Mädchen nebeneinander standen, noch immer kaum voneinander zu unterscheiden, da kam sich der verliebte Aghion unsäglich betrogen und irregegangen vor. Zwei Rehe konnten einander nicht ähnlicher sein, und wenn man ihm in diesem Augenblick freigestellt hätte, eine von ihnen zu wählen und mit sich zu nehmen und für immer zu behalten, er hätte nicht gewußt, welche von beiden es war, die er liebte. Wohl konnte er allmählich erkennen, daß die wirkliche Naissa die ältere und ein wenig kleinere sei; aber seine Liebe, deren er vor Augenblicken noch so sicher zu sein gemeint hatte, war ebenso auseinandergebrochen und zu zwei Hälften zerfallen wie das Mädchenbild, das sich vor seinen Augen so unerwartet und unheimlich verdoppelt hatte.

Bradley erfuhr nichts von dieser Begebenheit, er stellte auch keine Fragen, als zu Mittag Aghion heimkehrte und schweigsam beim Essen saß. Und am nächsten Morgen, als Aghions Kuli anrückten und seine Kisten und Säcke aufpackten und wegtrugen und als der Abreisende dem Dableibenden noch einmal Dank sagte und die Hand hinbot, da faßte Bradley die Hand kräftig und sagte: »Gute Reise, mein Junge! Es wird später eine Zeit kommen, wo Sie vor Sehnsucht vergehen werden, statt der süßen Hinduschnauzen wieder einmal einen ehrlichen ledernen Engländerkopf zu sehen! Dann kommen Sie zu mir, und dann werden wir über alles Mögliche einig sein, worüber wir heute noch verschieden denken!«

Mir sind alle Religionen der Welt teuer und ehrwürdig, weil sie alle die vielleicht edelste Fähigkeit des Menschen zur Quelle haben: die Ehrfurcht. Doch unterscheide ich trotzdem die Religionen nicht nur nach ihrem geistigen und kulturellen Niveau, sondern auch nach ihrer Toleranz. Und da gehört ja leider die christliche nicht zu den freundlichen, milden und toleranten, sondern zu den missionierenden, hochmütigen, alleinseligmachenden und gewalttätigen.

Ich meinerseits glaube nicht, daß nicht zwei, oder sechs oder zahllose Arten der Weltbetrachtung friedlich nebeneinander existieren können. Daß die Art, wie ein Mensch die Welt betrachtet, ein Kampfmittel sei und sein müsse, sehe ich nicht ein. Ich habe meinen Glauben, halb aus Herkunft, halb aus Erfahrung stammend, und er hindert mich nicht, Andersgläubige mit Achtung zu behandeln.

Goethes Mephisto sagt, er gehöre zu der Kraft, die »stets das Böse will und stets das Gute schafft«. Es gibt auch das Gegenteil, es gibt auch Unzählige, welche stets das Gute wollen und fast immer Böses tun, dem Leben Gewalt antun, Gottes reiche Welt verarmen, und dazu gehören zuweilen auch Priester und Theologen. Daß sie zuweilen diese arme Rolle spielen, darf uns Weltfromme aber nicht verführen, nun unsrerseits die Theologen abzulehnen und ihren Wert zu negieren. So gut wie der Freigeist, so gut wie der Dichter, so gut wie der Weise und das Kind, ist auch der Theologe da, ist von Gott gewollt, ist eine der tausend Masken und Kleider Gottes, des ewigen Lebens.

Jede Religion ist schön. Religion ist Seele, einerlei, ob man ein christliches Abendmahl nimmt oder ob man nach Mekka wallfahrt.

Was die Religion und Moral … angeht, und die Frage, ob Buddhismus oder Christentum oder Laotse – darüber werden wir gewiß noch oft sprechen. Ich für mich glaube durchaus nicht, daß es eine beste und einzig wahre Religion oder

Lehre gibt – wozu auch? Buddhismus ist sehr gut und Neues Testament auch, jedes zu seiner Zeit und da, wo es not tut. Es gibt Menschen, die haben Askese nötig, und andre, die brauchen anderes. Und auch der gleiche Mensch braucht nicht immer das gleiche, sondern bald braucht er Tat und Regsamkeit, bald Versenkung in sich, bald braucht er Spiel, bald Arbeit. So sind wir Menschen, und die Versuche, uns anders zu machen, mißglücken immer. Wenn zartes Mitfühlen, Güte und Mitleid das Höchste sind, dann war Franz von Assisi einer der größten Menschen, und Calvin, Savonarola und auch Luther waren wüste verbrecherische Fanatiker. Wenn aber die Tugend der Gewissenhaftigkeit und des heroischen Gehorsams gegen die Forderungen des eigenen Gewissens hochgeschätzt wird, dann war Calvin oder Savonarola ein wahrhaft großer Mensch. Wahr ist immer beides, und recht haben immer beide.

Als menschliches Ideal erscheint mir nicht irgendeine Tugend oder irgendein bestimmter Glaube, sondern als Höchstes, wonach Menschen streben können, erscheint mir die möglichste Harmonie in der Seele des Einzelnen. Wer diese Harmonie hat, der hat das Gleiche, was die Psychoanalyse etwa freie Verfügbarkeit der Libido heißen würde, und wovon das Neue Testament sagt: »Alles ist Euer«.

Ja, das indische, römische, jüdische Auge sind, Gott sei Dank, überaus verschieden. Die Nationen, Kulturen, Sprachen mögen alle Bäume sein, aber eine ist eine Linde, eine ein Ahorn, eine eine Fichte etc. Der Geist, sei er nun theologisch gekleidet oder anders, neigt immer ein wenig zu sehr zum Begriff, zur Verflachung, zur Typisierung, er ist mit »Baum« zufrieden, während Leib und Seele mit »Baum« nichts an-

man muss das Schwierige aber Heilsame
immer wieder versuchen. Schwierig
aber heilsam ist es, dem Abendland die
Ohren für die Stimme des alten Asien
zu öffnen. Diese Stimme klingt nirgends so
eindringlich, so geduldig, so altersreif u.
leidenschaftslos wie im Vedanta u. in
den Reden Buddhas. Sie sind die Bibel einer
Gemeinde von vielen Millionen gewesen,
tausendmal von mönchischen Lehrern
gepredigt, Gegenstand der Andacht u. der
Meditation für Millionen Fromme. Erst
in unsrer Zeit ist die deutsche Übersetzung
Neumanns erschienen, ein edles Werk der
Liebe, der Geduld u. Versenkung. Es ist
gut, dass dies grosse Werk jetzt neu er-
scheint u. Vielen ein Stein des Anstosses,
Vielen ein Licht und ein Weckruf
werden soll.

Mai 1955 Hermann Hesse

fangen können, sondern Linde, Eiche, Ahorn brauchen und lieben. Eben darum sind die Künstler vermutlich Gottes Herzen näher als die Denker. Wenn nun Gott sich im Inder und Chinesen anders ausdrückt als im Griechen, so ist das nicht ein Mangel, sondern ein Reichtum, und wenn man alle diese Erscheinungsformen des Göttlichen mit einem Begriff zusammenfassen will, entsteht keine Eiche und keine Kastanie, sondern bestenfalls ein »Baum«.

Harmonie von logischem und intuitivem Denken

Europa beginnt an mancherlei Verfallserscheinungen zu spüren, daß die hochgetriebene Einseitigkeit seiner geistigen Kultur (sie äußert sich am deutlichsten etwa im wissenschaftlichen Spezialistentum) einer Korrektur bedarf, einer Auffrischung vom Gegenpole her. Die allgemeine Sehnsucht gilt nicht einer neuen Ethik oder einer neuen Denkweise, sondern einer Kultur jener seelischen Funktionen, welchen unsere intellektualistische Geistigkeit nicht gerecht geworden ist. Die allgemeine Sehnsucht gilt nicht so sehr Buddha oder Laotse als dem Jogitum. Wir haben erfahren, daß der Mensch seinen Intellekt bis zu erstaunlichen Leistungen kultivieren kann, ohne dadurch der eigenen Seele Herr zu werden.

Zuweilen sind Neumanns Übersetzungen [der Reden Buddhas], ihrer Wörtlichkeit in den anscheinend endlosen Wiederholungen wegen, von deutschen Literaten bespöttelt worden. Manche fühlten sich durch diese geruhigen, endlos fließenden Betrachtungsreihen an Gebetsmühlen erinnert. Diese Kritik, so witzig sie sein mag, geht von einer Einstellung aus, welche der Sache nicht gerecht zu werden fähig ist. Buddhas Reden nämlich sind nicht Kompendien einer Lehre, sondern sie sind Beispiele von Meditationen, und das meditierende Denken eben ist es, was wir bei ihnen lernen können. Ob Meditation zu anderen wertvolleren Ergebnissen führen könne als wissenschaftliches Denken, ist eine müßige Frage. Zweck und Resultat der Meditation ist nicht ein Erkennen im Sinn unserer westlichen Geistigkeit, sondern ein Verschieben des Bewußtseinszustandes, eine Technik, deren höchstes Ziel eine reine Harmonie, ein gleichzeitiges und gleichmäßiges Zusammenarbeiten von logischem und intuitivem Denken ist. Über die Erreichbarkeit dieses idealen Zieles steht uns kein Urteil zu, wir sind in dieser Technik durchaus Kinder und Anfänger. Zum Eindringen in die Technik der Meditation aber gibt es keinen direkteren Weg als die Beschäftigung mit diesen Buddha-Reden.

Es gibt zahlreiche nervöse deutsche Professoren, welche etwas wie eine buddhistische Überschwemmung, einen Untergang des geistigen Abendlandes befürchten. Das Abendland wird jedoch nicht untergehen, und Europa wird nie ein Reich des Buddhismus werden. Wer Buddhas Reden liest und durch sie Buddhist wird, der mag für sich einen Trost gefunden haben – statt des Weges, den uns Buddha vielleicht zeigen kann, hat er aber einen Notausgang gewählt.

Die Modedame, die neben den bronzenen Buddha aus Ceylon oder Siam nun die drei Bände der Reden Buddhas legt, wird ebensowenig jenen Weg finden wie der Asket, der sich aus dem Elend eines öden Alltags zu dem Opium eines dogmatischen Buddhismus flüchtet. Wenn wir Abendländer erst etwas Meditation gelernt haben werden, wird sie uns ganz andere Resultate zeigen als den Indern. Sie wird uns nicht zum Opium werden, sondern zu einer vertieften

Selbsterkenntnis, wie sie als erste und heiligste Forderung den Schülern der griechischen Weisen gestellt wurde ...

Der Gedankeninhalt der Buddhalehre ist nur eine Hälfte des Werkes Buddhas, die andere Hälfte ist sein Leben, ist gelebtes Leben, geleistete Arbeit, getane Tat. Eine Zucht, eine seelische Selbstzucht allerhöchster Ordnung ist hier geleistet und ist hier gelehrt, von welcher jene Ahnungslosen keine Vorstellung haben, die über »Quietismus« und »indische Träumerei« und dergleichen bei Buddha reden, und ihm jene westliche Kardinaltugend, die Aktivität, absprechen. Vielmehr sehen wir Buddha an sich und seinen Jüngern eine Arbeit tun, eine Zucht üben, eine Zielstrebigkeit und Konsequenz betätigen, vor denen auch die echten Helden europäischer Tatkraft nur Ehrfurcht empfinden können. Über die »Inhalte« jener neuen Religion oder Religiosität, die wir kommen fühlen oder doch ersehnen, werden wir schwerlich bei Buddha viel erfahren und lernen können, das »Inhaltliche« seiner Lehre ist uns auf philosophischem Wege, sei es auch nur auf dem nicht ganz reinen Umweg über Schopenhauer, schon zugänglich geworden. Auch handelt es sich bei einer »neuen Religion« ja gar nicht so sehr um Gedankeninhalte als um neue, lebendige Symbole für Uraltes. Die Religionen kommen gewissermaßen ohne uns, über unsere Köpfe hinweg. An uns ist es lediglich, die Bereitschaft zu pflegen, die »Lampen« bereitzuhalten.

Ein Bestandteil dieser Bereitschaft wird die Fähigkeit zur Ehrfurcht sein. Bringen wir die Ehrfurcht, die dem Heiligen gebührt, auch Buddha entgegen, hören wir auch diese wahrhaft heilige Stimme dankbar an, so wüßte ich wahrlich nicht, was für ein Schaden daraus entstehen könnte, die Warnungen vor dem gefährlichen »Osten«, die wir zur Zeit so häufig vernehmen, stammen alle von Lagern, die Partei sind, die ein Dogma, eine Sekte, ein Rezept zu hüten haben.

Das Licht aus Osten, die Weisheit Indiens vor allem verträgt sich mit der eigentlichen Lehre Christi viel besser als die Priester zugeben wollen.

Erinnerung an Asien

Wenn ich mich jetzt, drei Jahre nach meiner malaiischen Reise, an den Osten erinnere, so sehe ich die Einzelbilder jener Reise in ihrer Gegenständlichkeit leicht getrübt und verallgemeinert, es ist Colombo von Singapur, Ippoh von Kuala Lumpur, der Batang Hari vom Moesi nicht mehr so scharf in umrissener Individualität abgetrennt und verschieden. Dafür treten einige große Zusammenhänge deutlicher hervor. Wenn man mich heute nach genauen sichtbaren Einzelheiten aus Palembang oder Penang oder Djambi fragt, so muß ich suchen und habe einige Mühe, Greifbares hervorzubringen; wenn man mich aber nach dem Wert und den Haupteindrücken meiner ganzen Reise fragt, so weiß ich besser und rascher Bescheid als damals gleich nach der Heimkehr.

Von den Wochen, die ich in Städten und Wäldern der Malakka-Halbinsel und Sumatras zugebracht habe, sind mir folgende Haupteindrücke als Erlebnisse geblieben, zusammengeschmolzen und kombiniert aus hundert kleinen gesehenen Einzelheiten.

Der erste und vielleicht stärkste äußere Eindruck, das sind die Chinesen. Was ein Volk eigentlich bedeute, wie sich eine

Vielzahl von Menschen durch Rasse, Glaube, seelische Verwandtschaft und Gleichheit der Lebensideale zu einem Körper zusammenballe, in dem der Einzelne nur bedingt und als Zelle mitlebt wie die einzelne Biene im Bienenstaat, das hatte ich noch nie wirklich erlebt. Ich hatte Franzosen von Engländern, Deutsche von Italienern, Bayern von Schwaben, Sachsen von Franken zu unterscheiden gewußt, schließlich aber doch nur von den Engländern den Eindruck einer in ihrer Eigenart gepflegten, auf Rasse und Geschichte stolzen Volksgemeinschaft bekommen, und daran war das niedere Volk unbeteiligt. Bei den Chinesen sah ich zum erstenmal die Einheit eines Volkswesens so absolut herrschen, daß alle Einzelerscheinungen darin ganz und gar untergehen. Äußerlich und malerisch kann man von Malaien, Hindus oder Negern denselben Eindruck haben, Farbe, Kostüm und Lebensführung uniformieren alle diese Massen zu höchst sichtbaren Einheiten. Aber bei den Chinesen war von allem Anfang an der Eindruck eines Kulturvolkes da, eines Volkes, das in langer Geschichte geworden und gebildet ist und im Bewußtsein der eigenen Kultur nicht nach rückwärts, sondern in eine tätige Zukunft blickt.

Etwas völlig anderes ist der Eindruck, den die Naturvölker machen. Zu ihnen rechne ich die Malaien, trotz ihres Handelns, ihres Mohammedanismus und ihrer äußeren Zivilisationsfähigkeit durchaus mit. Den Chinesen gegenüber war mein Gefühl zwar stets eine tiefe Sympathie, aber gemischt mit einer Ahnung von Rivalität, von Gefahr; mir schien, das Volk von China müssen wir studieren wie einen gleichwertigen Mitbewerber, der uns je nachdem Freund oder Feind werden, jedenfalls aber uns unendlich nützen oder schaden kann. Nichts davon bei den primitiven Völkern. Auch sie erwarben sofort meine Liebe, aber es war die

Liebe des Erwachsenen zu jüngeren, schwachen Geschwistern, zugleich auch erwachte das Schuldgefühl des Europäers, der an diesen Völkern bis heute nur Dieb, Eroberer und Ausbeuter geworden ist, noch nicht helfender und führender Bruder, mitleidiger Freund, helfender Führer. Daß aus diesen braunen gutartigen Völkern große Gefahren oder Gewinne für unsere Kultur zu erwarten seien, ist ohne jede Wahrscheinlichkeit. Daß aber die Seele Europas ihnen gegenüber voll von Schuld und ungebüßter Sünden starrt, läßt sich nicht leugnen. Die unterdrückten Völker der Tropenländer stehen unserer Zivilisation als Gläubiger mit älteren und gleichbegründeten Rechten gegenüber wie etwa die Arbeiterklasse in Europa. Wer im eigenen Automobil im Pelz an Arbeitern vorüberfährt, die müde und frierend nach Hause gehen, kann keine ernsteren Gewissensfragen an sich stellen als wer auf Ceylon oder Sumatra oder Java als Herr zwischen lautlos bedienenden Farbigen lebt.

Der dritte starke Eindruck meiner Reise war der Urwald. Ich kenne die neuesten Theorien über die Urheimat der Menschen nicht; für mich bleibt, zumindest symbolisch, der tropische Urwald die Heimat des Lebens, der einfache primitive Tiegel, in dem aus Sonne und nasser Erde lebendige Formen gebraut werden. Wir, die wir alle in Ländern leben, deren natürliche Produktionskräfte fast bis zur Grenze ausgebeutet, zumindest gekannt und gemessen sind, wir stehen mit unserem an Zahlen und Maße gewöhnten Denken inmitten des Urwaldes wie an der Wiege des Lebens, und ahnen dort mit Staunen, daß die Erde noch kein erkalteter Stern in späten schwachen Zuckungen ist, sondern noch zeugenden Urschlamm kennt. Eine Flußfahrt zwischen Krokodilen, Reihervölkern, Adlern und großen Katzen, oder ein Waldmorgen, wenn im gelb durchsonnten Geäst der filzigen Waldwildnis große Affenfamilien den Tag mit Gebrüll begrüßen, das ist für den an scharf begrenzte Felder, sorgsam gezogenen Wald und regulierte Revierjagd Gewöhnten ein wunderbares und mächtiges Erlebnis. Dazu der Geruch von Gefahr und das Gefühl von der Wertlosigkeit des Einzellebens, wenn man im feuchten dampfenden Dschungel nach Vögeln oder Schmetterlingen geht, Geheimnis und mögliche Gefahr auf allen Seiten, geiles Pflanzenwachstum und üppig brütendes Tierleben auf jedem Quadratfuß. Und die alte, selbstverständliche, in Europa doch tausendmal vergessene Herrschaft der Sonne! Das elementare Einbrechen der Nacht, die alles bis zum Grunde verwandelt, und das Aufglühen des raschen Morgens, der das Leben wiederbringt, das unendlich rasche und heftige Entstehen und Austoben der Regen und Gewitter, der warme, leicht animalische Geruch der nassen fruchtbaren Erde, dies alles ist für uns wie eine geheimnisvolle und lehrreiche Rückkehr an die Quelle unseres Lebens.

Schließlich aber ist doch ein menschlicher Eindruck der stärkste. Es ist der der religiösen Ordnung und Gebundenheit all dieser Millionen Seelen. Der ganze Osten atmet Religion, wie der Westen Vernunft und Technik atmet. Primitiv und jedem Zufall preisgegeben scheint das Seelenleben des Abendländers, verglichen mit der geschirmten, gepflegten, vertrauensvollen Religiosität des Asiaten, er sei Buddhist oder Mohammedaner oder was immer. Dieser Eindruck beherrscht alle anderen, denn hier zeigt der Vergleich eine Stärke des Ostens, eine Not und Schwäche des Abendlandes, und hier fühlen sich alle Zweifel, Sorgen und Hoffnungen unserer Seele bestärkt und bestätigt. Überall erkennen wir die Überlegenheit unserer Zivilisation und Technik, und überall sehen wir die religiösen Völker des

Ostens doch ein Gut genießen, das uns fehlt und das wir eben darum höher stellen als alle jene Überlegenheiten. Es ist klar, daß kein Import aus Osten uns hier helfen kann, kein Zurückgehen auf Indien oder China, auch kein Zurückflüchten in ein irgendwie formuliertes Kirchenchristentum. Aber es ist ebenso klar, daß Rettung und Fortbestand der europäischen Kultur nur möglich ist durch das Wiederfinden seelischer Lebenskunst und seelischen Gemeinbesitzes. Ob Religion etwas sei, das überwunden und ersetzt werden könne, mag Frage bleiben. Daß Religion oder deren Ersatz das ist, was uns zutiefst fehlt, das ist mir nie so unerbittlich klargeworden wie unter den Völkern Asiens.

Es gibt natürlich bloß einen Gott, bloß eine Wahrheit, die jedes Volk, jede Zeit, jeder Einzelne auf seine Art aufnimmt, für die immer neue Formen entstehen. Eine der schönsten und lautersten Formen ist gewiß die des Neuen Testaments, worunter ich allerdings eigentlich nur die Evangelien verstehe, weniger die Paulinischen Briefe. Ich halte einige Sprüche des Neuen Testaments, neben einigen von Lao Tse und einigen von Buddha und den Upanishaden, für das Wahrste, Konzentrierteste, Lebendigste, was auf Erden erkannt und gesagt worden ist. Dennoch ist mir der christliche Weg zu Gott verbaut gewesen, durch eine strengfromme Erziehung, durch die Lächerlichkeit und Zänkerei der Theologie, durch die Langeweile und gähnende Öde der Kirche, und so weiter. Ich suchte also Gott auf anderen Wegen und fand bald den indischen, der mir von Hause aus nahe lag, denn meine Vorfahren, Großvater, Vater und Mutter hatten nahe und innige Beziehungen zu Indien, sprachen indische Sprachen etc. Später fand ich auch den chinesischen Weg durch Lao

Tse, was für mich das befreiendste Erlebnis war. Natürlich war ich daneben und zugleich nicht minder intensiv durch moderne Versuche und Probleme beschäftigt, durch Nietzsche, durch Tolstoi, durch Dostojewski, das Tiefste aber fand ich in den Upanishaden, bei Budda, bei Konfuzius und Lao Tse, und dann auch, als meine alte Aversion gegen die speziell christliche Form der Wahrheit allmählich nachließ, auch im Neuen Testament. Dennoch blieb ich dem indischen Weg treu, obwohl ich ihn nicht für besser als den christlichen halte. Ich tat es, weil mir die christliche Anmaßung, die Monopolisierung Gottes, das Alleinrechthabenwollen, das mit Paulus beginnt und durch die ganze christliche Theologie geht, zuwider war, und auch, weil die Inder weit bessere, praktischere, klügere und tiefere Formen des Wahrheitssuchens, mit Hilfe der Yogamethoden wissen. ... Ich halte indische Weisheit nicht für besser als christliche, ich empfinde sie nur als ein wenig spiritueller, etwas weniger intolerant, etwas weiter und freier. Das kommt davon her, daß die christliche Wahrheit mir in der Jugend in unzulänglichen Formen aufgedrängt wurde ... Für andre Menschen führen andre Wege zu Gott, ins Zentrum der Welt.

Das Erlebnis selbst aber ist stets das Gleiche. Der Mensch, der die Wahrheit zu ahnen beginnt, der das Wesentliche des Lebens ahnt und ihm näherzukommen sucht, der erlebt, sei es nun in christlichem oder andrem Gewand, unfehlbar die Wirklichkeit Gottes, oder wenn Sie wollen des Lebens, von dem wir Teile sind, dem wir widerstreben oder dem wir uns hingeben können, ohne das aber der Erwachte nicht mehr leben kann und will.

Für stark intellektuelle Menschen bestehen diese Erlebnisse zum Teil in Gedanken, in Erkenntnissen, doch auch dies ist keine notwendige Form, es kann auch völlig ohne

Denken und Erkennen vor sich gehen, indem einfach das Leben selbst uns so bildet, daß wir immer mehr das Vollkommene, Heilige und Ewige suchen und gegen die Werte und Wirklichkeiten der andern, sogenannt alltäglichen Welt immer gleichgültiger werden.

Kirchen und Kapellen im Tessin

Zu den Zaubern des Südens, die den protestantischen Nordländer in den Gegenden südlich der Alpen begrüßen, gehört auch der Katholizismus. Mir ist es unvergeßlich, wie auf meiner ersten jugendlichen Italienfahrt dies auf mich wirkte, den Sohn eines streng protestantischen Hauses, wie erstaunt und bezaubert ich das mit ansah, dies selbstverständliche, naive Wohnen eines Volkes in seinen Tempeln, in seiner Religion, diese Zentralkraft Kirche, von welcher beständig ein Strom von Farbe, Trost, Musik, von Schwingung und Belebung ausstrahlte. Mag der Katholizismus in Italien und in den Alpenländern auch im Rückgang begriffen sein (im Tessin ist er es sichtlich, und die Mehrzahl der schönen alten Kirchenbauten wäre heute nicht mehr möglich), so ist doch immer noch, im Vergleich mit dem Norden, die Kirche in ihrer Sichtbarkeit vorhanden und mächtig-mütterlicher Mittelpunkt des Lebens. Und nichts wirkt auf den in Protestantismus und Gewissensplage aufgewachsenen Menschen stärker und rührender als der Anblick naiver, sich zeigender, sich schmückender Frömmigkeit. Einerlei, ob in einem Tempel Ceylons oder Chinas oder in einer Kapelle des Tessins, immer wirkt dieser Anblick auf unsereinen wie eine Erinnerung an verlorene Kindheiten der Seele, an ferne Paradiese, an eine selige Primitivität und Unschuld des religiösen Le-

Spruch

So sollst du allen Dingen
Bruder und Schwester sein,
Dass sie Dich ganz durchdringen,
Dass Du nichts weisst von Mein
und Dein.

Kein Stern, kein Laub soll fallen:
Du musst mit ihm vergehn!
So wirst Du auch mit allen
Allstündlich auferstehn.

bens, und nichts fehlt uns geistig unersättlichen Europäern mehr als eben diese Lust und Unschuld.

Beim Übergang über die Alpen fand ich mich jedesmal, wie vom Anhauch des wärmeren Klimas, den ersten Lauten der klangvolleren Sprache, den ersten Rebenterrassen, so auch vom Anblick der zahlreichen schönen Kirchen und Kapellen zart und mahnend berührt, wie von der Erinnerung an einen sanfteren, milderen, mutternahen Zustand des Lebens; an kindlicheres, einfacheres, frömmeres, froheres Menschentum. Und mehr und mehr wurde es mir unmöglich, im Gefühl die katholische Frömmigkeit von der antiken zu trennen. Genau ebenso wie die uralte, römisch-mittelländische Art der Bodenkultur, der Terrassenbau mit Wein, Maulbeere, Olive, unzerstört in den alten, festen Formen hier unten weiterbesteht, so besteht etwas vom heidnisch-frommen, augenfrohen, bildergläubigen, gesunden Kult und Glauben der Antike in den Ländern südlich der Alpen noch heute fort. Wo in Römerzeiten ein Tempel stand, steht jetzt eine Kirche, wo damals die kleine primitive Steinsäule für einen Feldgeist oder Waldgott stand, steht jetzt ein Kreuz, wo damals das kleine ländliche Heiligtum einer Nymphe, einer Quellgöttin, eines Flurgottes stand, steht heute der Bildstock oder die Nische eines Heiligen. Wie vor Alters spielen vor dieser Nische die Kinder, wie vor Alters schmücken sie sie mit Blumen. Wanderer und Hirt rasten an diesem Ort, eine Cypresse oder Eiche steht dabei, und irgendeinmal an einem Sommersonntag kommt im schönen Zug mit blau und goldenen Kleidern der Bischof vorbei und segnet und weiht das kleine Heiligtum, daß es nicht vergessen werde, daß weiterhin Trost und Freude, Mahnung an das Göttliche und Erinnerung an unsre höchsten Ziele von diesem Ort ausgehen möge.

Im Tessin habe ich das immer besonders stark empfunden. Daß man am Südfuß der Alpen ist, daß man das Land der Sonne und der ältesten europäischen Kultur betritt, davon spricht nicht nur die Wärme der Sonne, der Klang der schönen Sprache, der kluge Terrassenbau der Weinberge, sondern ebensosehr all die frommen Bauten, alte und neue, all die Kirchen, Kapellen, Bildstöcke. Alle sind schön, ganz ohne Ausnahme, denn die Tessiner sind vorzügliche Architekten und Maurer von alters her und haben ja auch in Italien manche der größten Bauten errichten helfen. Schön ist auch immer und ausnahmslos der Standort einer Kirche, man denke an Lugano, an Tesserete, an Ronco, an St. Abbondio bei Gentilino, an Breganzona, an die Madonna del Sasso. Schön und wohlüberlegt ist auch immer der Zugang zum Heiligtum. Straße oder Brücke führt zwischen Mauern mit sanftem Zwang auf die Kirche zu, und immer empfängt uns vor dem Eintritt ein Vorplatz, man kommt nicht atemlos vom Steigen, oder rennend vom Bergablaufen, in eine Kirche hinein, erst nimmt ein ebener, wenn auch noch so kleiner Vorplatz den Pilger auf, ein paar Bäume stehen da, und meistens überschattet und schützt den Eingang eine Vorhalle. Von weitem schon ruft und ladet oft diese Vorhalle, mit drei oder fünf Bögen, schattig und ehrwürdig herüber.

Wie alle Gebäude in diesem steinreichen und holzarmen Lande sind die Kirchen und Kapellen ganz aus Stein. In kleinen Bergdörfern steht das Kirchlein roh und unverputzt, nackte Mauern, auch das Dach aus roten Gneisplatten, ausgezeichnet nur durch den Giebel und den Glockenturm. An andern Orten ist der Bau verputzt und bemalt, nicht selten wunderschön, obwohl das Klima den Wandmalereien an Außenwänden nicht eben günstig ist. Man sieht wohl arme und schlichte Kirchen, aber kaum jemals eine verfallene.

Wie nun inmitten einer Stadt oder eines Dorfes die Kirche den stärksten Akzent bildet und der Campanile die Silhouette stempelt, so strahlt uralte Frömmigkeit überall ins Land und bis in verlassene und schwer zugängliche Täler und Berge hinein. Auch im entlegensten Gebiet, soweit noch Geißen weiden und Menschen ihren Unterhalt suchen, steht da und dort noch ein kleines Heiligtum, eine Kapelle an der Wegbiegung, unter deren Vordach die Straße durchläuft und wo sich im Regen rasten läßt, ein Bildstock kindlich und hübsch, zwischen altem Gemäuer unterm Steindach eine winzige Bildwand, bemalt mit alten, verblaßten Farben. Im Frühling steht vor jedem ein Glas, ein Becher, eine alte Blechbüchse, von Kindern mit Blumen gefüllt.

Auch ohne je eines der Gotteshäuser zu betreten, findet man sich doch überall an sie gemahnt. Wer am steinigen Bergkamm eine Rast halten will, wer von brennender Landstraße in den Schatten begehrt, der genießt dankbar diese Bauten. Rein als Schmuck der Landschaft, als Rastorte, als Wegweiser, als Ruhepunkte des Auges im Auf und Ab des bergigen Landes kommen sie jedem zugute, sind jedem willkommen. Im Innern aber sind sie oft reich an schönen und seltenen Dingen. Von den Luini-Bildern in Lugano bis in unbekannte kleine Bergkapellen findet man überall in den Tessiner Kirchen irgendein Foto, ein Fresko, ein Altar-Relief, einen Taufstein, eine Stuckfigur, die vom innigen Zusammenhang dieses Berglandes mit der Kultur des klassischen Italien reden und von der alten Begabung der Tessiner für die bildende Kunst. Ich könnte hundert Beispiele nennen, aber ich möchte mit diesen Zeilen nicht auf dies und jenes Einzelne hinweisen und den Führer spielen. Es ist viel schöner, ohne Führer zu gehen, und wer im Tessin wandert, wird bald die beglückende Erfahrung machen, wie überall mitten in den herrlichsten Landschaften noch stille, köstliche Funde an alter Kunst zu machen sind.

Liebe Kirchen im Tessin, liebe Kapellen und Kapellchen, wie viel gute Stunden habt ihr mich bei euch zu Gast gehabt! Wie viel Freude habt ihr mir gegeben, wie viel guten kühlen Schatten, wie viel Beglückung durch Kunst, wie viel Mahnung an das, was not tut, an eine frohe, tapfere, helläugige Lebensfrömmigkeit! Wie manche Messe habe ich in euch gehört, wie manchen Gemeindegesang, wie manche farbige Prozession sah ich aus euren Portalen quellen und in die lichte Landschaft sich verlieren! Ihr gehört zu diesem Lande wie Berge und Seen, wie die tiefgeschnittenen wilden Täler, wie das launisch spielerische Geläut eurer Glockentürme, wie der schattige Grotto im Wald und der alte Roccolo auf dem Hügel. Es lebt sich gut in eurem Schatten, auch für Menschen anderen Glaubens.

Weg nach innen

Wer den Weg nach innen fand,
Wer in glühndem Sichversenken
Je der Weisheit Kern geahnt,
Daß sein Sinn sich Gott und Welt
Nur als Bild und Gleichnis wähle:
Ihm wird jedes Tun und Denken
Zwiegespräch mit seiner eignen Seele,
Welche Welt und Gott enthält.

Kapelle

Die rosenrote Kapelle mit dem kleinen Vordach muß von guten und zartfühlenden Menschen erbaut sein, und von sehr frommen Menschen.

Mir ist oft gesagt worden, es gäbe heute keine frommen Menschen mehr. Man könnte ebensogut sagen, es gäbe heute keine Musik und keinen blauen Himmel mehr. Ich glaube, es gibt viele Fromme. Ich selbst bin fromm. Aber ich war es nicht immer.

Der Weg zur Frömmigkeit mag für jeden ein andrer sein. Für mich lief er über viele Irrtümer und Leiden, über viel Selbstquälerei, durch stattliche Dummheiten, Urwälder von Dummheiten. Ich bin Freigeist gewesen und wußte, daß Frömmigkeit eine Seelenkrankheit sei. Ich bin Asket gewesen und habe mir Nägel ins Fleisch getrieben. Ich wußte nicht, daß Frommsein Gesundheit und Heiterkeit bedeutet.

Frommsein ist nichts andres als Vertrauen. Vertrauen hat der einfache, gesunde, harmlose Mensch, das Kind, der Wilde. Unsereiner, der nicht einfach noch harmlos war, mußte das Vertrauen auf Umwegen finden. Vertrauen zu dir selbst ist der Beginn. Nicht mit Abrechnungen, Schuld und bösem Gewissen, nicht mit Kasteiung und Opfern wird der Glaube gewonnen. Alle diese Bemühungen wenden sich an Götter, welche außer uns wohnen. Der Gott, an den wir glauben müssen, ist in uns innen. Wer zu sich selber nein sagt, kann zu Gott nicht ja sagen.

O liebe, innige Kapellen dieses Landes! Ihr tragt die Zeichen und Inschriften eines Gottes, der nicht der meine ist. Eure Gläubigen beten Gebete, deren Worte ich nicht kenne. Dennoch kann ich in euch beten, so gut wie im Eichenwald oder auf der Bergwiese. Ihr blüht aus dem Grün hervor, gelb oder weiß oder rosig, wie Frühlingslieder junger Menschen. Jedes Gebet ist bei euch erlaubt und heilig.

Gebet ist so heilig, so heilend wie Gesang. Gebet ist Vertrauen, ist Bestätigung. Wer wahrhaft betet, der bittet nicht, er erzählt nur seine Zustände und Nöte, er singt sein Lied und seinen Dank vor sich hin, wie die kleinen Kinder singen. So haben die seligen Einsiedler gebetet, die inmitten ihrer Oase und ihrer Rehe im Kirchhof von Pisa gemalt sind, es ist das schönste Bild der Welt. So beten auch Bäume, auch Tiere. Auf den Bildern guter Maler betet jeder Baum und jeder Berg.

Wer aus einem frommen Protestantenhause stammt, der hat einen weiten Weg zu suchen bis zu diesem Gebet. Er kennt die Höllen des Gewissens, er kennt den Todesstachel der Zerfallenheit mit sich selber, er hat Spaltung, Qual, Verzweiflung jeder Art erfahren. Am späten Ende des Weges sieht er mit Erstaunen, wie einfach, kindlich und natürlich die Seligkeit ist, die er auf so dornigen Wegen gesucht hat. Aber die Dornenwege waren nicht umsonst. Der Heimgekehrte ist ein andrer als der stets Daheimgebliebene. Er liebt inniger, und er ist freier von Gerechtigkeit und Wahn. Gerechtigkeit ist die Tugend der Daheimgebliebenen, eine alte Tugend, eine Urmenschentugend. Wir Jüngeren können sie nicht gebrauchen. Wir kennen nur ein Glück: Liebe, und nur eine Tugend: Vertrauen.

Euch Kapellen beneide ich um eure Gläubigen, um eure Gemeinden. Hundert Beter klagen euch ihr Leid, hundert Kinder bekränzen eure Türen und bringen in euch ihre Kerzen dar. Unser Glaube aber, die Frömmigkeit der Weitgereisten, ist einsam. Die vom alten Glauben wollen nicht unsre Genossen sein, und die Strömungen der Welt gehen fern von unsren Inseln vorüber.

Ich pflücke Blumen in der nächsten Wiese, Primel, Klee und Hahnenfuß, und lege sie in der Kapelle nieder. Ich setze mich auf die Brüstung unterm Vordach und summe mein frommes Lied in der Morgenstille. Mein Hut liegt auf der braunen Mauer, und ein blauer Schmetterling setzt sich darauf. Im fernen Tal pfeift dünn und sanft eine Eisenbahn. Auf den Sträuchern blinkt noch hier und dort der Morgentau.

Jeden Abend

Jeden Abend sollst du deinen Tag
Prüfen, ob er Gott gefallen mag,
Ob er freudig war in Tat und Treue
Ob er mutlos lag in Angst und Reue;
Sollst die Namen deiner Lieben nennen,
Haß und Unrecht still vor dir bekennen,
Sollst dich alles Schlechten innig schämen,
Keinen Schatten mit ins Bette nehmen,
Alle Sorge von der Seele tun,
Daß sie fern und kindlich möge ruhn.

Dann getrost in dem geklärten Innern
Sollst du deines Liebsten dich erinnern,
Deiner Mutter, deiner Kinderzeit;
Sieh, dann bist du rein und bist bereit,
Aus dem kühlen Schlafborn tief zu trinken.
Wo die goldnen Träume tröstend winken,
Und den neuen Tag mit klaren Sinnen
Als ein Held und Sieger zu beginnen.

Wem Gott kein Götze ist und wer das Gebet nicht als Zauberformel ausübt, sondern als innigste Zusammenfassung aller inneren Kräfte erlebt, als gespannten Willen zum Guten, zum Besten, zum einzig Notwendigen, der wird aus den Gebeten von heute sein Leben lang Kraft schöpfen; denn sie haben ihn genötigt, das eigene Herz zu prüfen, Faules zu bekämpfen, Strebendes zu steigern, kleine eigene Interessen über großen allgemeinen zu vergessen.

Daß der Mensch nicht zugleich handeln und meditieren könne, ist richtig und brauchte nicht mehr eigens gesagt zu werden, so wie noch nie ein Mediziner es nötig fand, eigens festzustellen, daß der Mensch nicht zugleich aus- und einatmen könne. Sondern eben eins nach dem andern, im Rhythmus und in der Polarität, die das Leben sind. Wir haben ja eigentlich in den letzten Jahrzehnten gesehen, wohin die Verachtung des Betrachtens zu Gunsten des strammen Handelns führt: zur Anbetung der leeren Dynamik, womöglich noch zum Lobpreis des gefährlichen Lebens, kurz zu Adolf und Benito. Dieses Lied, auch wenn es von schöner Stimme und gemäßigt gesungen wird, sagt mir gar nichts.

In der Nachtherberge

Du lachst, weil ich gebetet habe;
Es tut mir leid, daß du es sahst
Und daß du nicht geschwiegen hast …

Ich lernte es als Knabe –
Ich möchte in deinen Augen lesen,

Daß du mich doch verstanden hast –
Bist du denn nie ein Kind gewesen?

Hinrichtung

Der Meister kam mit einigen seiner Jünger auf der Wanderung vom Gebirge herab gegen die Ebene und näherte sich den Mauern einer großen Stadt, vor deren Tore eine große Menge Volkes versammelt war. Da sie näher kamen, sahen sie ein Blutgerüst errichtet und die Henker an der Arbeit, einen von Gefängnis und Folter geschwächten Menschen vom Schindkarren zu zerren und zum Richtblock zu schleppen. Die Volksmenge aber drängte sich um das Schauspiel, verhöhnte und bespie den Verurteilten und sah seiner Enthauptung mit lärmender Freude und Begierde entgegen. »Wer ist dieser«, fragten die Jünger untereinander, »und was hat er wohl getan, daß die Menge seinen Tod so wild begehrt? Wir sehen keinen, der Mitleid hätte oder weinte.«

»Ich glaube«, sprach der Meister traurig, »es ist ein Häretiker«. Sie gingen weiter, und da sie an die Volksmenge stießen, erkundigten sich die Jünger teilnahmsvoll bei den Leuten nach dem Namen und Verbrechen dessen, den sie soeben am Block niederknien sahen.

»Es ist ein Ketzer«, riefen die Leute zornig, »hallo, da senkt er den verfluchten Kopf! Nieder mit ihm! Wahrlich, der Hund hat uns lehren wollen, die Stadt des Paradieses habe nur zwei Tore, und wir wissen doch, daß es zwölfe sind!«

Verwundert wendeten sich die Jünger zum Meister und fragten: »Wie hast du dies erraten können, Meister?«

Er lächelte und ging weiter.

»Es war nicht schwer«, sagte er leise. »Wäre er ein Mörder gewesen oder ein Dieb oder ein Verbrecher irgendeiner Art, so hätten wir beim Volk Mitleid und Teilnahme gefunden. Viele hätten geweint, manche seine Unschuld beteuert. – Wer aber einen eigenen Glauben hat, den sieht das Volk ohne Mitleid schlachten, und sein Leichnam wird vor die Hunde geworfen.«

Der Heiland

Immer wieder wird er Mensch geboren,
Spricht zu frommen, spricht zu tauben Ohren,
Kommt uns nah und geht uns neu verloren.

Immer wieder muß er einsam ragen,
Aller Brüder Not und Sehnsucht tragen,
Immer wird er neu ans Kreuz geschlagen.

Immer wieder will sich Gott verkünden,
Will das Himmlische ins Tal der Sünden,
Will ins Fleisch der Geist, der ewige, münden.

Immer wieder, auch in diesen Tagen,
Ist der Heiland unterwegs, zu segnen,
Unsern Ängsten, Tränen, Fragen, Klagen
Mit dem stillen Blicke zu begegnen,
Den wir doch nicht zu erwidern wagen,
Weil nur Kinderaugen ihn ertragen.

Worauf es ankommt

Es kommt für unser Verhalten im Leben nicht so sehr auf unsre Gedanken an als auf unsern Glauben. Ich glaube an keine religiöse Dogmatik, also auch nicht an einen Gott, der die Menschen geschaffen und es ihnen ermöglicht hat, den Fortschritt vom Einandertotschlagen mit Steinbeilen bis zum Töten mit Atomwaffen auszubilden und auf ihn stolz zu sein. Ich glaube also nicht, daß diese blutige Weltgeschichte ihren »Sinn« im Plan eines überlegenen göttlichen Regenten habe, der sich damit etwas für uns nicht Erkennbares, aber Göttliches und Herrliches ausgedacht habe. Aber dennoch habe ich einen Glauben, ein zum Instinkt gewordenes Wissen oder Ahnen um einen Sinn des Lebens. Ich kann aus der Weltgeschichte nicht schließen, daß der Mensch gut, edel, friedliebend und selbstlos sei, aber daß unter den ihm gegebenen Möglichkeiten auch diese edle und schöne Möglichkeit, das Streben nach Güte, Frieden und Schönheit, vorhanden sei und unter glücklichen Umständen zur Blüte gelangen könne, das glaube und weiß ich gewiß, und wenn dieser Glaube einer Bestätigung bedürfte, so fände er in der Weltgeschichte neben den Eroberern, Diktatoren, Kriegshelden und Bombenherstellern auch die Erscheinungen Buddhas, Sokrates', Jesus', die heiligen Schriften der Inder, Juden, Chinesen und alle die wunderbaren Werke friedlichen Menschengeistes in der Welt der Kunst. Ein Prophetenkopf aus dem Figurengewimmel am Portal eines Domes, ein paar Takte Musik von Monteverdi, Bach, Beethoven, ein Stück Leinwand von Rogier, von Guardi oder Renoir bemalt, genügen, um dem ganzen Macht- und Kriegstheater der brutalen Weltgeschichte zu widersprechen und eine andere, beseelte, in sich beglückte Welt darzutun. Und überdies haben die Werke der Kunst weit sicherern und längeren Bestand als die Werke der Gewalt, sie überdauern sie um Jahrtausende.

Wenn wir, die wir an die Gewalt nicht glauben und uns ihren Ansprüchen möglichst zu entziehen suchen, dennoch zugeben müssen, daß es keinen Fortschritt gibt, daß die Welt nach wie vor von den Strebern, den Machtgierigen und Gewalttätern regiert wird, so kann man das, wenn man die schönen Worte liebt, tragisch nennen. Wir leben umgeben von Apparaten der Macht und Gewalt, oft knirschend vor Empörung über sie, oft der tödlichen Verzweiflung nah (Sie haben das in Stalingrad erlebt), wir dürsten nach Frieden, nach Schönheit, nach Freiheit für die Flüge unsrer Seele, und hätten oft genug Lust, den Herstellern der Atombomben das vorzeitige Losgehen ihrer Teufelsapparate zu wünschen – und wir lassen diese Empörung und diese Wünsche doch nicht zur Blüte kommen, wir fühlen, daß es uns verboten ist, der Gewalt mit Gewalt zu begegnen. Unsre Empörung und jene schlimmen Wünsche belehren uns darüber, daß die Scheidung der Menschenwelt in Gut und Böse keineswegs eine reinliche ist, daß das Böse nicht nur in den Strebern und Gewaltmenschen lebt, sondern auch in uns, die wir uns doch friedliebend und wohlmeinend wissen. Kein Zweifel, daß unsre Empörung »gerecht« sei! Sie ist es. Aber sie läßt uns, die Verächter der Macht, doch für Augenblicke nach der Macht begehren, um ein Ende mit dem Unfug zu machen, um aufzuräumen. Wir schämen uns dieser Regungen und können doch ihre Wiederkehr nicht für immer verhindern. Wir haben teil am Bösen und am Krieg in der Welt. Und so oft wir diese unsre Zugehörigkeit erlebend erkennen, so oft wir uns ihrer schämen müssen, so oft wird uns auch deutlich, daß die Regenten der Welt keine Teufel sondern

Menschen sind, daß sie das Böse nicht aus Bosheit tun oder zulassen, daß sie in einer Art von Blindheit und Unschuld handeln.

Denkerisch sind diese Widersprüche nicht zu lösen. Das Böse ist in der Welt, es ist in uns, es scheint mit dem Leben untrennbar verbunden. Dennoch spricht die heitere und schöne Seite der Natur, spricht die heitere und schöne Seite der Menschheitsgeschichte unübertönbar zu uns, beglückt und tröstet uns, mahnt uns und rührt uns und weht Hoffnung in unser Dasein, das oft so hoffnungslos scheint. Und wie wir uns Friedliebende nicht vom Bösen frei wissen, so hoffen wir, daß auch in den andern die Möglichkeit bestehe, zur Einsicht und zur Liebe zu erwachen.

Orgelspiel

Seufzend durchs Gewölbe zieht, und wieder dröhnend,
Orgelspiel. Andächtige Gläubige hören,
Wie vielstimmig in verschlungenen Chören,
Sehnsucht, Trauer, Engelsfreude tönend,
Sich Musik aufbaut zu geistigen Räumen,
Sich verloren wiegt in seligen Träumen,
Firmamente baut aus tönenden Sternen,
Deren goldene Kugeln sich umkreisen,
Sich umwerben, nähern und entfernen,
Immer weiter schwingen sonnwärts reisen,
Bis es scheint, es sei die Welt durchlichtet,
Ein Kristall, in dessen klaren Netzen
Hundertfach nach reinlichsten Gesetzen
Gottes lichter Geist sich selber dichtet.

Daß aus Blättern voll von Notenzeichen
Solche weitgeschwungenen, geistdurchsonnten,
Solche Welt- und Sternenchöre werden konnten
Daß ein Orgelpfeifenchor sie in sich banne,
Ist es nicht ein Wunder ohnegleichen?
Daß ein Musikant am Manuale
Sie mit Eines Menschen Kraft umspanne?
Daß ein Volk von Hörern sie verstehe,
Mit erschwinge, töne, mit erstrahle,
Mit hinauf ins tönende Weltall wehe?
Arbeit war's und Ernte langer Zeiten,
Zehn Geschlechter mußten daran bauen,
Hundert Meister fromm es zubereiten,
Viele tausend Schüler sie begleiten.

Und nun spielt der Organist, es lauschen
Im Gewölb die Seelen hingegangener
Frommer Meister, mit vom Bau umfangener,
Den sie gründen halfen und errichten.
Denn derselbe Geist, der in den Fugen
Und Toccaten atmet, hat einst die besessen,
Die des Münsters Maße angemessen,
Heiligenfiguren aus den Steinen schlugen.
Und noch vor den Bau- und Steinmetz-Zeiten
Lebten, dachten, litten viele Fromme,
Halfen Volk und Tempel zubereiten,
Daß der Geist herab auf Erden komme.
Wille von Jahrhunderten gestaltet
In der klaren Töneströme Rauschen
Sich, im Bau der Fugen und Sequenzen,
Wo der schöpferische Geist der Grenzen
Zwischen Tun und Leiden,

Zwischen Leib und Seele waltet.
In den geistbeherrschten Takten dichten
Tausend Menschenträume sich zu Ende,
Träume, deren Ziel war: Gott zu werden,
Träume, deren keiner je auf Erden
Sich erfüllen darf, doch deren dringliche Einheit
Stufe war, darauf das Menschenwesen
Sich enthob aus Notdurft und Gemeinheit
Nahe bis zum Göttlichen, bis zum Genesen.
Auf dem Zauberpfad der Notenzeichen,
Dem Geäst der Schlüssel, Signaturen,
Auf dem Tastwerk, das die Füß' und Hände
Eines Organisten bändigen, entweichen
Gottwärts, geistwärts alle höchsten Strebungen,
Strahlen, was an Leid sie je erfuhren,
Aus im Ton. In wohlgezählten Bebungen
Löst der Drang sich, steigt die Himmelsleiter,
Menschheit bricht die Not, wird Geist, wird heiter.
Denn zur Sonne zielen alle Erden,
Und des Dunkels Traum ist: Licht zu werden.

Spielend sitzt der Organist, die Hörer
Folgen willig, in befreiter Rührung,
Der Gesetze englisch sichrer Führung,
Schwingen glühend, heilige Verschwörer,
Mit empor, zum Tempel sich erbauend,
Mit dem Blick der Ehrfurcht Gott erschauend,
Am Dreieinigen kindhaft beteiligt.
So befreit im Klang, so eint und heiligt
Sich im Sakramente die Gemeinde,
Die entkörperte, dem Gott vereinte.

Das Vollkommene aber ist hienieden
Ohne Dauer, Krieg wohnt jedem Frieden
Heimlich inne, und Verfall dem Schönen.
Orgel tönt, Gewölbe hallt, es treten
Neue Gäste ein, verlockt vom Tönen,
Eine Frist zu rasten und zu beten.
Doch indes die alten Klanggebäude
Weiter aus dem Pfeifenwalde streben,
Voll von Frömmigkeit, von Geist, von Freude,
Hat sich draußen dies und das begeben,
Was die Welt verändert und die Seelen.
Andre Menschen sind es, die jetzt kommen,
Eine andre Jugend wächst, ihr sind die frommen
Und verschlungenen Stimmen dieser Weisen
Nur noch halb vertraut, ihr klingt veraltet
Und verschnörkelt, was noch eben heilig
War und schön, in ihrer Seele waltet
Neuer Trieb, sie mag sich nicht mehr quälen
Mit den strengen Regeln dieser greisen
Musikanten, ihr Geschlecht ist eilig,
Krieg ist in der Welt, und Hunger wütet.
Kurz verweilen diese neuen Gäste
Hier beim Orgelklang, zu wohlbehütet
Finden sie, zu priesterlich-gemessen
Die Musik, so schön und tief sie sei, sie wollen
Andre Klänge, feiern andre Feste,
Fühlen auch in halb verschämter Ahnung
Dieser reich gebauten, hoheitsvollen
Orgelchöre unwillkommene Mahnung,
Die so viel verlangt. Kurz ist das Leben
Und es ist nicht Zeit, sich hinzugeben
So geduldig komplizierten Spielen.

Übrig bleibt im Dome von den vielen,
Die hier zugehört und mitgelebt, fast keiner.
Immer wieder einer geht von hinnen,
Geht gebückt, ward älter, müde, kleiner,
Spricht vom jungen Volk wie von Verrätern,
Schweigt enttäuscht und legt sich zu den Vätern.
Und die Jungen, die den Dom betreten,
Fühlen Heiliges zwar, doch weder Beten
Noch Toccatenhören ist mehr Sitte,
Und der Tempel bleibt, der Kern und Mitte
Einst der Stadt gewesen, fast verlassen,
Ragt urweltlich aus geschäftigen Gassen.

Aber immer noch durch seines Baues Rippen
Atmet die Musik in himmlischem Flüstern.
Träumend und ein Lächeln auf den Lippen
Über immer zarteren Registern
Sitzt der greise Musikant, versponnen
In das Rankenwerk der Stimmengänge,
In des Fugenbaus gestufte Pfade.
Immer zarteres Filigrangestänge
Flicht sein Spiel, mit immer dünnerem Faden
Kreuzen sich die kühnen Ornamente
Im phantastisch luftigen Tongewebe,
Immer inniger und süßer werben
Um einander die bewegten Stimmen,
Scheinen Himmelsleitern zu erklimmen,
Halten oben sich in seliger Schwebe,
Um wie Abendrosenwolken hinzusterben.

Nicht bekümmert ihn, daß die Gemeinde,
Schüler, Meister, Gläubige und Freunde
Sich verloren haben, daß die eiligen Jungen
Die Gesetze nicht mehr kennen, der Figuren
Bau und Sinn kaum noch erfühlen mögen,
Daß die Töne nicht Erinnerungen
Mehr des Paradieses ihnen sind und Gottesspuren,
Daß nicht zehn, nicht einer mehr imstande,
Dieser Tongewölbe heilige Bögen
Nachzubaun im Geist und diesem Weben
Alterworbener Mysterien Sinn zu geben.
Und so fiebert rings in Stadt und Lande
Junges Leben seine stürmischen Bahnen,
Doch im Tempel, einsam im Gestühle,
Waltet fort der geisterhafte Alte,
(Sage halb, halb Spottfigur den Jungen),
Spinnt geheiligte Erinnerungen,
Füllt mit göttlichem Sinn die Ornamente,
Rückt Register immer leiseren Klanges,
Stuft den Fugenschritt zum Sakramente,
Das nur seine Ohren noch erlauschen,
Während andre nichts mehr als das Flüstern
Der Vergangenheit spüren und das leise Rauschen
Brüchiger Vorhangfalten, die im düstern
Steingeklüft der Pfeiler müd sich bauschen.

Niemand weiß, ob noch der alte Meister
Drinnen spiele, ob die zarten, leisen
Tongeflechte, die im Raume kreisen,
Nur noch Spuk sind überbliebener Geister,
Nachhall und Gespenst aus anderen Zeiten.
Manchmal aber bleibt ein Mensch beim Dome

Lauschend stehen, öffnet sacht die Pforte,
Horcht entrückt dem fernen Silberstrome
Der Musik, vernimmt aus Geistermunde
Heiter-ernster Väterweisheit Worte,
Geht davon mit klangberührtem Herzen,
Sucht den Freund auf, gibt ihm flüsternd Kunde
Vom Erlebnis der entrückten Stunde
Dort im Dom beim Duft erloschener Kerzen.
Und so fließt im unterirdisch Dunkeln
Ewig fort der heilige Strom, es funkeln
Aus der Tiefe manchmal seine Töne;
Wer sie hört, spürt ein Geheimnis walten,
Sieht es fliehen, wünscht es festzuhalten,
Brennt vor Heimweh. Denn er ahnt das Schöne.

Mein ganzes Leben steht im Zeichen eines Versuchs zu Bindung und Hingabe, zu Religion. Ich bilde mir nicht ein, für mich oder gar für andere so etwas wie eine neue Religion, eine neue Formulierung und Bindungsmöglichkeit finden zu können, aber auf meinem Posten zu bleiben und, auch wenn ich an meiner Zeit und an mir selbst verzweifeln muß, dennoch die Ehrfurcht vor dem Leben und vor der Möglichkeit seines Sinnes nicht wegzuwerfen, auch wenn ich damit alleinstehen sollte, auch wenn ich damit sehr lächerlich werde – daran halte ich fest. Ich tue es nicht aus irgendeiner Hoffnung, daß damit für die Welt oder für mich irgend etwas besser würde, ich tue es einfach, weil ich ohne irgendeine Ehrfurcht, ohne Hingabe an einen Gott nicht leben mag.

Was sagen Sie denn zum Beispiel damit, wenn Sie das Leben ein großes Paradoxon nennen, weil Reaktion und Revolution, Tag und Nacht einander immer ablösen, weil immer zwei Prinzipien da sind, und immer alle beide rechthaben oder keines? Sie sagen damit nur, daß das Leben Ihrem Verstand unerklärbar ist, daß es offenbar nach andern Prinzipien als denen des menschlichen Verstandes sich vollzieht. Man kann daraus die Folge ziehen, daß man auf das Leben spuckt, oder die andere, daß man dem Unerkennbaren nicht die Skepsis des enttäuschten Verstandes, sondern die Ehrfurcht entgegensetzt, daß man statt eines dummen Paradoxons ein wunderbares Schwingen zwischen vielen Paaren von Polen und Gegenpolen sieht …

Ich kann Ihnen keine Fragen beantworten, ich kann meine eigenen Fragen nicht beantworten, ich stehe ebenso ratlos und ebenso bedrückt vor der Grausamkeit des Lebens wie Sie. Dennoch habe ich den Glauben, daß die Sinnlosigkeit überwindbar sei, indem ich immer wieder meinem Leben doch einen Sinn setze. Ich glaube, daß ich für die Sinnhaftigkeit oder Sinnlosigkeit des Lebens nicht verantwortlich bin, daß ich aber dafür verantwortlich bin, was ich selber mit meinem eigenen, einmaligen Leben anfange.

Lernen Sie das Nichtverstehen, das Leid, die Sinnlosigkeit als Vorbedingung für alles erkennen, was der Mensch wert sein kann. *Wie* Sie nachher Ihren Glauben formulieren, ob christlich oder sonstwie, ist einerlei. Es gibt keine anderen Götter als die, die der Mensch sich macht. Das tun die Völker im großen und das tut der Einzelne im kleinen. Er gibt dem Sinnlosen einen Sinn, er stellt seine Ahnung, sein Bedürfnis nach Sinn dem Chaos entgegen und er lernt leben als gebe es einen Gott und als habe das Ganze einen Sinn … Für die meisten ist die Sinnlosigkeit gar kein Leid, so wenig wie für den Regenwurm. Aber eben die wenigen, die vom Leid ergriffen und nach dem Sinn zu suchen beginnen, machen den Sinn der Menschheit aus.

Einsam ist, wer die Schönheit zu erleben und von ihr zu sagen weiß. Es ist die Einsamkeit des Berufenen, er darf die Kinderwelt und das Kinderleben der andern nicht teilen. Dafür hört er die Stimmen, die jene nie hören. Und außerdem gibt es für seine Einsamkeit, wie für jede, die Lösung und Erlösung: Das Erkennen des Einen und Ganzen hinter allen Vereinzelungen.

Der Einsame an Gott

Einsam steh ich, vom Wind gezerrt,
Ungeliebt und verlassen
In der feindlichen Nacht.
Schwer ist mein Gemüt und voll Bitterkeit,
Wenn ich Deiner gedenke,
Blinder Gott, der voll Grausamkeit
Immer das Unbegreifliche tut.
Warum lässest Du, wenn Du die Macht hast,
Warum lässest Du Hunde und Säue
Eines Glückes genießen, das nie
Dem verschmachtenden Edleren wird?
Warum peitschest Du mich, der Dich liebte,
Jagst mich allein durch die Nacht,
Warum raubst Du mir alles,
Was Du doch jedem Erbärmlichen gönnst?
Selten hab ich geklagt, und seltner

Dir im Unmut geflucht,
Jahrelang in gläubiger Priesterschaft
Lebte ich Dir, nannte Dich Herr und Gott,
Sah in Dir meines Daseins Krone und Sinn;
Immer ging ich, ob auch im Dunkeln oft,
Tastend dem Guten nach, immer war Liebe,
Immer Güte und Reinheit mein hohes Ziel.
Dennoch hast Du, der meinen Feinden schmeichelt,
Niemals mir einen einzigen Traum,
Eine einzige Bitte erfüllt!
Niemals kannte ich andres als Kampf und Arbeit,
Während drüben im Hause der Fröhlichen
Laute und Tanz und süßer Gesang erscholl.
O und wie hast Du, mein Peiniger,
Wenn ich einmal in blinder Hoffnung
Zärtlicher Liebe mein Herz voll Vertrauen bot,
Wie hast Du mit Spott und Verachtung mich überschüttet,
Daß ich grimmig entfloh, vom Gelächter der Frauen
verfolgt!
Einsam nun und ohne Glauben an Glück,
Schlaflos bei Nacht und am Tag voller Zweifel
Geh ich gottlos durch diese Welt,
Mir zur Qual und Dir zu trauriger Schande.
Trotzdem, o Gott, wenn auch Dein Finger tief
Und voll blinder Wollust in meiner Wunde wühlt,
Trotzdem sollst Du mich nicht verzagen,
Nicht im Staube knien und weinen sehn.
Denn Dein heimlichster Wunsch, Grausamer,
Tönt ja doch unbesiegbar im Herzen mir,
Und das Leben zu lieben,
Und das sinnlose Leben wild und sinnlos zu lieben
Hab ich in aller Verfolgung

Aller Versuchung niemals völlig verlernt.
Dich auch und Deine launischen Wege
Liebt mein Herz, indem es Dich trotzend höhnt.
Ja, ich liebe Dich, Gott, und ich liebe
Heiß die verworrene Welt, die Du schlecht regierst.
... Horch! Von drüben, wo die Fröhlichen sind,
Weht mir Lied und Gelächter,
Weiberschrei und silbernes Bechergeläut.
Aber mit tieferer Wollust,
Süßer und trunkener glüht als diesen Genügsamen
Mir die Liebe zum Leben
In der glücklos hungernden Brust.
Und ich schüttle zornig
Aus den schlaflosen Augen die Müdigkeit,
Trinke Nacht und Wind, Sternschein und Wolkengebirg
Gierig mit atmenden Sinnen
In die unersättliche Seele ein.

Die christliche Lehre läßt den Menschen aus Leib, Seele und Geist bestehen, und auch die Psychologie hat bis vor kurzem die Gaben und Tätigkeiten des Verstandes als ein Teilgebiet des Seelenlebens betrachtet. Sie gehören unbedingt und untrennbar zusammen, Geist und Seele, Verstand und Gemüt, und wer eines von ihnen auf Kosten des andern oder gar im Kampf gegen das andre überschätzt und überzüchtet, der sucht und pflegt das Halbe statt des Ganzen, er ist krank, er ist nicht Mensch mehr, sondern Spezialist. Wer also das kritische Wort, den analysierenden und erkenntnisgierigen Verstand überzüchtet, tut es auf Kosten des Ganzen, des Menschentums. Das ist es, was Sie oft gespürt haben und was Sie gegen den Verstand mißtrauisch gemacht hat. Aber wenn wir Menschen nicht ernst und nicht für voll nehmen, die nur Verstand und Kritik gelten lassen, dann müssen wir auch wissen, daß das Gemüt und die Phantasie allein auch nicht genügen, um den Menschen vollwertig und sein Tun brauchbar zu machen.

Es ist eine drollige Erfahrung: Der reine Verstandesmensch, mag er noch so goldene Worte und noch so scharfgespitzte Urteile von sich geben, wird uns sehr bald langweilig. Und ebenso werden uns die edlen Schwärmer für das Gemüt, die poetischen und enthusiastischen Spezialisten des Herzens bald langweilig. Der auf sich allein gestellte edle Geist wie das auf sich allein vertrauende edle Gemüt, sie haben beide eine Dimension zu wenig. Man merkt das im Leben des Alltags und im politischen Leben, man merkt es noch deutlicher in der Kunst. Das Gescheite wie das Innige, das Schnoddrige wie das Edle, es ist ohne seinen Bruder und Gegenpart nicht voll, nicht überzeugend, nicht liebenswert. Der Mensch wird uns langweilig, wenn er nur zwei Dimensionen hat.

Wir haben es erlebt, wie der spezialisierte und der Macht hörige Geist der Goebbels im Volk gerade das Gemüt zu pflegen und gegen den Verstand aufzuwiegeln bestrebt war. Da Kritik an der Macht nicht mehr erlaubt war, da man mit einem kindlich kritiklosen Volk am leichtesten durchkam, wurden Blut und Boden, Ahnen und Instinkte verehrt, man konnte diesen Bestien gar nicht blauäugig, träumerisch und kindlich genug sein ... Wir wissen ja: die Größe der Völker liegt im Erdulden, nicht im Lernen. Und doch wünscht man so sehr, es möchte bei all dem unendlichen Leiden auch etwas erfahren und gelernt worden sein. Aber es sieht nicht aus, als wäre dem so. Eine spezialisierte, hochgezüchtete Intelligenz steht einem Volk gegenüber, das nichts von ihr lernen kann, weil es sie nicht zu lieben vermag. Dies zu sehen, daran zu leiden, damit zu kämpfen, das zu heilen: das ist die Aufgabe der nicht spezialisierten, der nicht zu Widersachern der Seele gewordenen Geistigen, also auch die Ihre.

Es gibt keine dummen Tiere, und keine verlogenen, so wenig wie Pflanzen – das ist dem Menschen vorbehalten. Er hat die Möglichkeit zum Gott, aber er ist immer nur Möglichkeit, nie Erfüllung, und jede gesunde Katze funktioniert viel genialer als alle Genies.

Wir müssen und sollen zwar unsern Verstand gebrauchen und üben, aber nicht allein auf ihn hören. Die einfachen gesunden Menschen, das »Volk«, werden mit dem Leben und seinen Abgründen dadurch fertig, daß sie sich in den Aufgaben und Freuden des Tags und der Stunde ausleben. Die Geistigen, die mit dem Zwang zum Denken, können in diese Unschuld nicht heimkehren. Sie brauchen ein Gegengewicht gegen die Intelligenz und ihre Eitelkeit, und dieses Gegenmittel ist die Befreundung mit der Natur. Die meisten »Gebildeten« benützen dazu, soweit sie nicht selber Künstler sind, die Kunst, sie finden im Betätigen oder Genießen von Malerei, Musik, Dichtung die Verbindung mit den Urkräften. Wem dies nicht genügt, um ein Gleichgewicht zu finden, der bedarf der Meditation, der Betrachtung und Versenkung. Der Weg dazu ist Yoga. Es gibt tausend Bücher darüber …, auch Yoga-Schulen, zum Teil mit indischen Lehrern. Ich kenne sie nur vom Hörensagen. Was ich zu gewissen Zeiten meines Lebens an Meditation nötig hatte, habe ich mir selbst erfunden, es ist nicht lehrbar und mittelbar ... Auch die besten Weisheiten werden beim Formulieren und Aussprechen leicht banal.

In Indien glaubt niemand daran, daß Meditation ohne Guru, ohne persönlichen Lehrer, erlernbar sei. Vermutlich glaubt auch niemand dort, daß jemals ein Abendländer über die untersten Stufen des Yoga hinauskommen werde. Aber das hindert nicht, daß wir uns wenigstens um diese untersten Stufen bemühen können. In Amerika haben gewisse Kreise das erkannt, und dort gibt es einige indische Lehrer. Aldous Huxley würde Ihnen darüber Auskunft geben können.

Ich selbst habe weder einen Guru gehabt, noch bin ich auf höhere Stufen gelangt. Aber die eine Erfahrung habe ich machen können, daß die größte äußere Mithilfe zur Erreichung eines Zustandes von Konzentration und innerer Ruhe in der Tat in den Atemübungen besteht, über die sich das Abendland ebenso lustig gemacht hat wie über das Nabelbeschauen. Machen Sie Atemübungen, wie jeder bessere Heilgymnastiker sie kennt, und achten Sie darauf, daß Sie wohl das Ausatmen, niemals aber das Einatmen forcieren dürfen, Sie schaden sich sonst. Das Wesentliche bei den Atemübungen ist, daß man dabei auf gar nichts als auf ein möglichst vollkommenes Tiefatmen achtet, daß man sich auf diese eine Funktion konzentriert. Es hilft viel. Es hilft Distanz gewinnen vom Aktuellen, es bereitet vor zur Ruhe, zur Sammlung. Und wenn Sie diese Übungen im Atmen schon mit einer Vorstellung verbinden, ihnen schon eine Art von geistiger Bedeutung, einen Inhalt geben wollen, so stellen Sie sich vor, Sie atmen nicht Luft ein, sondern Brahman,

Sie lassen mit jedem Atemzug das Göttliche in sich ein und entlassen es wieder, es wird Ihnen auch der »Westöstliche Divan« dabei einfallen.

Mögen Sie nun mit ihren Übungen weit oder nicht weit kommen, so werden sie doch, wenn Sie es ernst meinen, sich dabei einer Seelenstimmung nähern, die wir Abendländer sonst nur noch im religiösen Gebet oder bei der Hingabe an das Schöne zu erleben fähig sind. Sie werden nicht mehr nur Luft atmen, sondern das All, sondern Gott, und werden nicht auf intellektuellem, sondern auf leiblichem und unschuldigem Wege etwas von der Freiheit, Seligkeit und Frömmigkeit der Hingabe und Willensentspannung erleben ... Ramakrishna erzählt in seinen Gleichnissen zuweilen Geschichten, welche ebensogut in den Anekdoten des Dschuang Dsi stehen könnten. Die Weisheit aller Völker ist eine und dieselbe, es gibt nicht zwei oder mehr, es gibt nur eine. Das einzige, was ich etwa gegen die Religionen und Kirchen einzuwenden habe, ist ihre Neigung zur Unduldsamkeit: Weder Christ noch Mohammedaner wird gerne zugeben, daß sein Glaube gut und heilig zwar, nicht aber privilegiert und patentiert sei, sondern ein Bruder all der andern Glaubensarten, in denen die Wahrheit sich sichtbar zu machen sucht.

Eine der kleinen Geschichten, die von Ramakrishna überliefert werden, und die ganz wohl auch bei Dschuang Dsi stehen könnte, lautet:

Ein Weiser sah eines Tages einen Hochzeitszug mit großem Gepränge unter Trommel- und Trompetenklang über eine Wiese ziehen. Nahebei beobachtete er einen Jäger, der so in das Zielen auf einen Hasen vertieft war, daß er weder den Lärm der Musik hörte noch den Zug wahrnahm. Der Weise begrüßte den Jäger und sprach: »Verehrter, Ihr seid mein Guru. Mögen sich meine Gedanken, wenn ich meditiere, so auf den Gegenstand meiner Andacht richten, wie die Euren auf diesen Hasen.«

Möge Ihnen ein Jäger begegnen und Ihr Lehrer werden! Möge Ihr Streben nach dem Einswerden mit der Wahrheit so unablenkbar werden wie das Zielen des Jägers!

Moderne Versuche zu neuen Sinngebungen

Dem innerhalb weniger Jahrzehnte vollkommen verwandelten und umgestalteten Bild der Erdoberfläche, den ungeheuren Veränderungen, welche jede Stadt, jede Landschaft der Welt seit der vollzogenen Industrialisierung aufweist, entspricht ein gleicher Umschwung in den Seelen und im Denken der Menschen. Die Jahre seit dem Ausbruch des Weltkrieges haben diese Entwicklung beschleunigt, so daß man ohne Übertreibung schon heute den Tod und Abbau jener Kultur feststellen kann, in welche wir Älteren einst als Kinder hineinerzogen wurden und die uns damals ewig und unzerstörbar erschien. Hat auch der Mensch selbst sich nicht verändert (er kann dies ebensowenig innerhalb zweier Generationen, wie irgendeine Tierart dies tun könnte), so haben doch die Ideale und Fiktionen, die Wunsch- und Traumbilder, die Mythologien und Theorien, unter deren Herrschaft unser geistiges Leben steht, sich in dieser Zeit ganz und gar verändert. Unersetzliches ist verlorengegangen und für immer zerstört, unerhört Neues wird an dessen Stelle geträumt.

Zerstört und verlorengegangen sind für den größeren Teil der zivilisierten Welt vor allem die beiden Fundamente aller Lebensordnung, Kultur und Sittlichkeit: die Religion und die Sitte. Das Letztere wird jeder ruhige Beobachter ohne weiteres zugeben. Es fehlt unserm Leben durchgehend an Sitte, an einer traditionell überkommenen, geheiligten, ungeschriebenen Übereinkunft über das, was zwischen Menschen schicklich und geziemend sei. Ist auch die Hauptursache dieses Verlustes im Rückgang der bisherigen Religionsformen, in der Zerstörung der Autorität der Kirchen zu suchen, so haben doch auch rein äußere Veränderungen im Leben daran großen Anteil, vor allem die Mechanisierung des Lebens und der menschlichen Arbeit durch die Technik. Der Fabrikarbeiter kann unmöglich die Sitte seiner bäuerlichen Vorfahren bewahren, darüber ist kein Wort zu verlieren.

Man braucht nur irgendeine kleine Reise zu machen, um am lebendigen Beispiel den Verfall der Sitten beobachten zu können. Überall, wo die Industrialisierung noch in den Anfängen liegt, wo bäuerliche und kleinstädtische Tradition noch stärker sind als die modernen Verkehrs- und Arbeitsformen, da ist auch Einfluß und Machtgefühl der Kirchen noch wesentlich stärker, und an allen diesen Orten treffen wir mehr oder minder unzerstört auch das noch an, was man einst Sitte nannte. In solchen »rückständigen« Gegenden findet man noch Formen des Umgangs, des Grußes, der Unterhaltung, der gesellschaftlichen Stufung, der Feste, der Spiele, welche dem modernen Leben längst verlorengegangen sind. Als schwachen Ersatz für die verlorene Sitte hat der moderne Durchschnittsmensch die Mode. Sie gibt ihm, von Saison zu Saison wechselnd, die unentbehrlichsten Vorschriften für das gesellige Leben, wirft ihm die erforderlichen Modeausdrücke, Schlagworte, Tänze, Melodien zu – besser als nichts, doch immerhin lauter vergängliche Tageswerte. Kein Volksspiel mehr, sondern die modische

Unterhaltung der Saison. Kein Volkslied mehr, sondern der Schlager des letzten Monats.

Was nun für den Durchschnittsmenschen die Sitte ist, die erfreuliche und bequeme Führung durch eine Tradition und Konvention, das sind für die tieferen menschlichen Bedürfnisse die Religion und die Philosophie. Der Mensch hat nicht bloß das Bedürfnis, in Brauch und Sitte, in Kleidung und Unterhaltung, Sport und Konversation durch eine gültige, vorbildliche Form, durch irgendein Ideal – sei es auch bloß das Eintagsideal einer Mode – regiert und geführt zu werden. Er hat in den tieferen Schichten seines Wesens auch das Bedürfnis, seinem ganzen Tun und Treiben, seinem Dasein, seinem Leben und Sterbenmüssen einen Sinn gesetzt zu sehen, er verlangt danach, sein Tun und Streben nicht nur durch die augenblickliche Nützlichkeit geregelt, sondern auch durch eine höhere Sinngebung gerechtfertigt, durch ein hohes Ideal geheiligt und angespornt zu sehen. Dies religiöse oder metaphysische Bedürfnis, so alt und so wichtig wie das Bedürfnis nach Essen, nach Liebe, nach Obdach, wird in ruhigen, kulturell gesicherten Zeiten durch die Kirchen und durch Systeme führender Denker befriedigt. In Zeiten wie der heutigen zeigt sich sowohl den überkommenen religiösen Bekenntnissen wie auch den Gelehrten-Philosophien gegenüber eine allgemeine Ungeduld und Enttäuschung; die Nachfrage nach neuen Formulierungen, neuer Sinngebung, neuen Symbolen, neuen Begründungen ist unendlich groß. In diesem Zeichen steht das Geistesleben unserer Zeit: Schwächung der überkommenen Systeme, wildes Suchen nach neuen Deutungen des Menschenlebens, Aufblühen zahlloser gutbesuchter Sekten, Propheten, Gemeinschaftsgründer, feistes Gedeihen des tollsten Aberglaubens. Denn auch der ungeistige, oberflächliche, dem Denken abgeneigte Mensch noch hat jenes uralte Bedürfnis, einen Sinn seines Lebens zu kennen, und wenn er keinen mehr findet, verfällt die Sitte, und das Privatleben steht unter dem Zeichen wildgesteigerter Selbstsucht und gesteigerter Todesangst. Alle diese Zeichen der Zeit lassen sich für den, der sehen will, in jedem Sanatorium, in jedem Irrenhaus, im Material, das jeder Tag jedem Psychoanalytiker zuträgt, deutlich ablesen.

Aber unser Leben ist ein nie unterbrochenes Gewebe von Auf und Ab, Niedergang und Neubildung, Verfall und Auferstehung, und so stehen all den düsteren und kläglichen Zeichen eines Zerfalles unserer Kultur andere, hellere Zeichen gegenüber, die auf ein neues Erwachen des metaphysischen Bedürfnisses, auf die Bildung einer neuen Geistigkeit, auf ein leidenschaftliches Bemühen um eine neue Sinngebung für unser Leben deuten. Die moderne Dichtung ist voll dieser Zeichen, die moderne Kunst nicht minder. Namentlich aber macht sich das Bedürfnis nach einem Ersatz für die Werte der vergehenden Kultur, nach neuen Formen der Religiosität und Gemeinschaft heftig geltend. Daß es dabei an geschmacklosen und drolligen, auch an gefährlichen und schlechten Ersatzdarbietungen nicht mangelt, ist selbstverständlich. Es wimmelt von Sehern und Gründern, Scharlatane und Kurpfuscher werden mit Heiligen verwechselt, Eitelkeit und Habgier wirft sich auf dies neue, vielversprechende Gebiet – allein diese traurigen oder lächerlichen Nebenerscheinungen dürfen uns nicht täuschen. An sich ist dies Erwachen der Seele, dies wilde Aufflammen einer neuen Gottessehnsucht, dies durch Krieg und Not geschürte Fieber eine Erscheinung von wunderbarer Wucht und Glut, die wir nicht ernst genug nehmen können. Daß neben diesem gewaltigen, durch alle Völker gehenden Seelenstrom der Sehnsucht eine Menge von betriebsamen Unternehmen lauert, die mit Religion Geschäfte machen, darf uns an der Größe, Würde und Wichtigkeit der Bewegung nicht irremachen. In tausend Formen und Abstufungen, vom naiven Geisterglauben bis zur echten philosophischen Spekulation, vom primitiv jahrmarkthaften Religionsersatz bis zur Ahnung wirklich neuer Lebensdeutung wogt der Riesenstrom über die Erde, umfaßt amerikanische Christian Science und englische Theosophie, Mazdaznan und Neu-Sufismus, Steinersche Anthroposophie und hundert ähnliche Bekenntnisse, führt den Grafen Keyserling um die Erde und zu seinen Darmstädter Versuchen, gesellt ihm einen so ernsthaften und wichtigen Mitarbeiter bei wie Richard Wilhelm, läßt daneben ein ganzes Heer von Geisterbeschwörern, Bauernfängern und Spaßmachern entstehen. Ich wage es nicht, die Grenze zwischen noch Diskutierbarem und schon völlig Groteskem zu ziehen. Aber neben den immerhin bezweifelbaren Stiftern moderner Geheim-Orden, Logen und Verbrüderungen, den unerschrockenen Seichtigkeiten amerikanischer Mode-Religionen, den Ahnungslosigkeiten unentwegter Spiritisten stehen andere, stehen hohe und höchste Erscheinungen, stehen wunderbare Leistungen, wie die Neumannsche Übersetzung der heiligen buddhistischen Texte und deren Verbreitung, Richard Wilhelms Übersetzungen der großen Chinesen, steht das große und herrliche Ereignis der plötzlichen Wiederkunft des Laotse, der, durch Jahrhunderte in Europa unbekannt, innerhalb dreier Jahrzehnte in zahllosen Übersetzungen fast in allen europäischen Sprachen erschienen ist und sich des europäischen Denkens bemächtigt hat. So wie im Wirrwarr und ärgerlichen Betrieb der so merkwürdigen deutschen Revolution einige reine, edle, unvergeßliche Gestalten stehen, wie Landauer und Rosa Luxemburg, ebenso stehen inmitten der wilden, trüben Flut moderner Religionsversuche eine Anzahl edler, reiner Erscheinungen, Theologen wie der Schweizer Pfarrer Ragaz, Gestalten wie der im Alter zum Katholizismus bekehrte Frederik van Eeden, Männer wie in Deutschland der ganz einzigartige Hugo Ball, einst Dramaturg und Hauptbegründer des Dadaismus, dann unerschrockener Kriegsgegner und Kritiker der deutschen Kriegsmentalität, dann Einsiedler und Verfasser des wunderbaren Buches »Byzantinisches Christentum«, und, um die Juden nicht zu vergessen, Martin Buber, der dem modernen Judentum vertiefte Ziele zeigt und uns die Frömmigkeit der Chassidim, eine der liebenswertesten Blüten im Garten der Religionen, in seinen Büchern wiedergeschenkt hat.

»Und nun«, wird mancher Leser fragen, »wohin führt das alles? Was wird das Ergebnis sein, das Endziel? Was haben wir für die Allgemeinheit davon zu erwarten? Hat eine von den neuen Sekten Aussicht darauf, eine neue Weltreligion zu werden? Wird einer der neuen Denker fähig sein, eine neue, großzügige Philosophie aufzustellen?«

Aus manchen Kreisen wird diese Frage heute bejaht. Es herrscht bei manchen Anhängern der neuen Lehren, zumal bei der Jugend, eine frohe, siegesgewisse Jüngerstimmung, als sei unsere Epoche dazu bestimmt, den Heiland zu gebären, der Welt für eine neue Kulturperiode neue Gewißheiten, neuen Glauben, neue sittliche Orientierungen zu geben. Jener schwarzen Untergangsstimmung mancher älteren, enttäuschten Zeitkritiker entspricht als Gegenpol diese Jugendgläubigkeit der Neubekehrten. Und immerhin tönen diese jungen Stimmen angenehmer als jene verdrießlich-alten. Dennoch dürften diese Gläubigen im Irrtum sein.

Es ziemt sich, dem Wollen unserer Zeit, diesem drangvollen Suchen, diesen zum Teil leidenschaftlich-blinden, zum Teil besonnen-kühnen Experimenten mit Ehrfurcht entgegenzukommen. Seien sie auch alle zum Scheitern verurteilt, so sind sie doch eine ernste Bemühung um höchste Ziele, und sollte sogar keine von ihnen diese Zeit überdauern, so erfüllen sie doch für ihre Tage eine unersetzliche Aufgabe. Sie helfen, alle diese Fiktionen, diese Religionsbildungen, diese neuen Glaubenslehren, sie helfen den Menschen leben, sie helfen ihm, das schwere, fragwürdige Leben nicht nur ertragen, sondern hoch zu werten und zu heiligen, und wenn sie nichts wären als ein holdes Stimulans oder eine süße Betäubung, so wäre schon dies vielleicht gar nicht so wenig. Sie sind aber mehr, unendlich viel mehr. Sie sind die Schule, durch welche die geistige Elite dieser Zeit hindurchgehen muß. Denn zweierlei Aufgabe hat jede Geistigkeit und Kultur: den Vielen Sicherheit und Antrieb zu geben, sie zu trösten, ihrem Leben einen Sinn zu unterlegen – und dann die zweite, geheimnisvollere, nicht minder wichtige Aufgabe: den Wenigen, den großen Geistern von morgen und übermorgen, das Aufwachsen zu ermöglichen, ihren Anfängen Schutz und Pflege zu leihen, ihnen Luft zum Atmen zu geben.

Die Geistigkeit unserer Zeit ist von der, welche wir Älteren einst als Erbe antraten, unendlich verschieden. Sie ist turbulenter, wilder, traditionsärmer, sie ist schlechter geschult und hat wenig Methode – aber alles in allem ist gewiß diese heutige Geistigkeit, samt ihrem starken Hang zum Mystischen, um nichts schlechter als die besser erzogene, gelehrtere Geistigkeit jener Zeit, in welcher der altgewordene Liberalismus und der junge Monismus die führenden Richtungen waren. Mir persönlich, so muß ich bekennen, ist sogar die Geistigkeit der heute führenden Strömungen, von

Steiner bis zu Keyserling, noch um einige Grade zu rationell, zu wenig kühn, zu wenig bereit, ins Chaos, in die Unterwelt einzutreten und dort bei Fausts »Müttern« die ersehnte Geheimlehre vom neuen Menschentum zu erlauschen. Keiner der heutigen Führer, so klug oder so begeistert sie seien, hat den Umfang und die Bedeutsamkeit Nietzsches, dessen wahre Erben zu werden wir noch nicht verstanden haben. Die tausend einander durchkreuzenden Stimmen und Wege unserer Zeit aber zeigen ein wertvolles Gemeinsames: eine gespannte Sehnsucht, einen aus Not geborenen Willen zur Hingabe. Und die sind Vorbedingungen alles Großen.

Das Leben hat so viel Sinn, als Sie ihm zu geben vermögen. Die Bibel und das Dogma und alle Philosophien sind nur eine Hilfe, diese Sinngebung zu erleichtern. Die Natur, die Pflanze und das Tier, bedarf der Sinngebung nicht, weil sie den Gedanken und die Sünde nicht kennt, sie lebt naiv und unschuldig. Wir Menschen sind weniger als Tiere, wenn wir versuchen wollen, ohne Sinn zu leben. Sinn gewinnt das Leben, wenn wir es, soweit möglich, dem naiven Streben nach egoistischer Lust entziehen und in einen Dienst stellen. Wenn wir diesen Dienst ernst nehmen, kommt der »Sinn« von selbst.

Aus »Chinesische Betrachtung«

In den letzten zwanzig Jahren hat das alte, geistige China, das vorher kaum einigen Gelehrten bekannt war, uns durch Übersetzungen seiner alten Bücher, durch den Einfluß seines alten Geistes zu erobern begonnen. Erst seit zehn Jahren ist Lao Tse in allen Sprachen Europas durch Übertragungen bekanntgeworden und zu gewaltigem Einfluß gelangt. Wenn wir früher, bis vor zwanzig Jahren, vom »Geist des Ostens« sprachen, so dachten wir ausschließlich an Indien, an die Veden, an Buddha, an die Bhagavad Gita. Jetzt denken wir, wenn vom Geiste Ostasiens die Rede ist, ebensosehr oder mehr an China, an die chinesische Kunst, an Lao Tse, an Dschuang Dsi, auch an Li Tai Pe. Und es zeigt sich, daß das Denken des alten China, zumal das des frühen Taoismus, für uns Europäer keineswegs eine entlegene Kuriosität ist, sondern uns im wesentlichen bestätigt, in Wesentlichem berät und hilft. Nicht als ob wir aus diesen alten Weisheitsbüchern plötzlich eine neue, erlösende Lebensauffassung gewinnen könnten, nicht als ob wir unsere westliche Kultur wegwerfen und Chinesen werden sollten! Aber wir sehen im alten China, zumal bei Lao Tse, Hinweisungen auf eine Denkart, welche wir allzusehr vernachlässigt haben, wir sehen dort Kräfte gepflegt und erkannt, um welche wir uns, mit anderm beschäftigt, allzulange nicht mehr gekümmert hatten.

Ich gehe zu der Ecke meiner Bibliothek, wo die Chinesen stehen – eine schöne, eine friedliche, glückliche Ecke! In diesen uralten Büchern stehen so gute und oft so merkwürdig aktuelle Sachen. Wie oft während der furchtbaren Kriegsjahre fand ich hier Gedanken, die mich trösteten und aufrichteten!

Und ich lese in einer Mappe mit Aufzeichnungen, die ich mir gesammelt habe, etwas von Yang Tschou.

Yang Tschou, ein chinesischer Weiser, der vielleicht ein Zeitgenosse des Lao Tse und älter ist als der indische Buddha, sagte einst, daß der Mensch sich zum Leben verhalten könne wie ein Herr oder wie ein Knecht. Daran anschließend sagte er folgenden Spruch:

Von den vier Abhängigkeiten. – Vier Dinge sind es, von welchen die meisten Menschen abhängen, welche sie allzusehr begehren: Langes Leben – Ruhm – Rang und Titel – Geld und Gut.

Der beständige Wunsch nach diesen vier Dingen ist Ursache, daß die Menschen sich vor den Dämonen fürchten, daß sie sich voreinander fürchten, daß sie Angst vor den Mächtigen und Furcht vor Strafen kennen. Auf dieser vierfachen Furcht und Abhängigkeit beruht jeder Staat.

Die Menschen, welche diesen vier Abhängigkeiten unterliegen, leben wie Unsinnige. Einerlei, ob man sie totschlage oder am Leben lasse: das Schicksal kommt diesen Menschen von außen her!

Wer aber sein Schicksal liebt und sich mit ihm eins weiß – was fragt der nach langem Leben, nach Ruhm, nach Rang, nach Reichtum?!

Die Menschen dieser Art haben den Frieden in sich. Nichts in der Welt kann sie bedrohen, nichts kann ihnen feind werden. Im eigenen Innern tragen sie ihr Schicksal.

Auf die vom Krieg aufgewühlte studierende Jugend Deutschlands hat, nächst Dostojewski, in den letzten zehn Jahren gewiß kein anderer Geist so stark gewirkt wie Laotse. Daß diese Bewegung sich in einer ziemlich kleinen Minorität abspielt, nimmt ihr nichts von ihrer Bedeutung: die von ihr ergriffene Minorität ist gerade die, auf welche es ankommt: der begabteste, bewußteste, verantwortungsbereiteste Teil der studierenden Jugend.

Unseren modernen abendländischen Kulturidealen ist das chinesische so entgegengesetzt, daß wir uns freuen sollten, auf der anderen Hälfte der Erdkugel einen so festen und ehrwürdigen Gegenpol zu besitzen. Es wäre töricht zu wünschen, die ganze Welt möchte mit der Zeit europäisch, oder sie möchte chinesisch kultiviert werden; wir sollten aber vor diesem fremden Geist jene Achtung haben, ohne welche man nichts lernen und in sich aufnehmen kann, und sollten den fernen Osten mindestens ebenso zu unseren Lehrern rechnen, wie wir es (man denke nur an Goethe!) seit langem mit dem westasiatischen Orient getan haben. Und wenn wir in den überaus anregenden, von Klugheit funkelnden Gesprächen des Konfuzius lesen, so sollen wir sie nicht als ein verschollenes Kuriosum aus vergangenen Zeiten betrachten, sondern daran denken, daß nicht nur die Lehre des Konfuzius dies riesige Reich durch zwei Jahrtausende erhalten und gestützt hat, sondern daß heute noch die Nachkommen des Konfuzius in China leben, seinen Namen tragen und mit Stolz von ihm wissen – woneben auch der allerälteste und kultivierteste Adel Europas kindlich jung erscheint. Laotse soll uns nicht das Neue Testament ersetzen, aber er soll uns zeigen, daß ähnliches auch unter anderem Himmel und in noch früheren Zeiten gewachsen ist, und das soll unseren Glauben daran stärken, daß die Menschheit, sei sie noch so sehr in einander fremde und feindliche Rassen und Kulturen zerspalten, dennoch eine Einheit ist und gemeinsame Möglichkeiten, Ideale und Ziele hat.

Wir leben hin ...

Wir leben hin in Form und Schein
Und ahnen nur in Leidestagen
Das ewig wandellose Sein,
Von dem uns dunkle Träume sagen.

Wir freuen uns an Trug und Schaum,
Wir gleichen führerlosen Blinden,
Wir suchen bang in Zeit und Raum,
Was nur im Ewigen zu finden.

Erlösung hoffen wir und Heil
In wesenlosen Traumesgaben –
Da wir doch Götter sind und teil
Am Urbeginn der Schöpfung haben.

Mein Glaube

Ich habe nicht nur in Aufsätzen gelegentlich Bekenntnis abgelegt, sondern ich habe auch einmal, vor etwas mehr als zehn Jahren, den Versuch gemacht, meinen Glauben in einem Buche niederzulegen. Das Buch heißt »Siddhartha«, und sein Glaubensinhalt ist von indischen Studenten und japanischen Priestern häufig geprüft und diskutiert worden, nicht aber von deren christlichen Kollegen.

Daß mein Glaube in diesem Buch einen indischen Namen und ein indisches Gesicht hat, ist kein Zufall. Ich habe in zwei Formen Religion erlebt, als Kind und Enkel frommer rechtschaffener Protestanten und als Leser indischer Offenbarungen, unter denen ich obenan die Upanishaden, die Bhagavad Gita und die Reden des Buddha stelle. Und auch das war kein Zufall, daß ich, inmitten eines echten und lebendigen Christentums aufgewachsen, die ersten Regungen eigener Religiosität in indischer Gestalt erlebte. Mein Vater sowohl wie meine Mutter und deren Vater waren ihr Leben lang im Dienst der christlichen Mission in Indien gestanden, und obwohl erst in einem meiner Vettern und mir die Erkenntnis durchbrach, daß es nicht eine Rangordnung der Religionen gebe, so war doch schon in Vater, Mutter und Großvater nicht bloß eine reiche und ziemlich gründliche Kenntnis indischer Glaubensformen vorhanden, sondern auch eine nur halb eingestandene Sympathie für diese indischen Formen. Ich habe das geistige Indertum ganz ebenso von Kind auf eingeatmet und miterlebt wie das Christentum.

Dagegen lernte ich das Christentum in einer einmaligen, starren, in mein Leben einschneidenden Form kennen, in einer schwachen und vergänglichen Form, die schon heute überlebt und beinahe verschwunden ist. Ich lernte es kennen als pietistisch gefärbten Protestantismus, und das Erlebnis war tief und stark; denn das Leben meiner Voreltern und Eltern war ganz und gar vom Reich Gottes her bestimmt und stand in dessen Dienst. Daß Menschen ihr Leben als Lehen von Gott ansehen und es nicht in egoistischem Trieb, sondern als Dienst und Opfer vor Gott zu leben suchen, dies größte Erlebnis und Erbe meiner Kindheit hat mein Leben stark beeinflußt. Ich habe die »Welt« und die Weltleute nie ganz ernstgenommen und tue es mit den Jahren immer weniger. Aber so groß und edel dies Christentum meiner Eltern als gelebtes Leben, als Dienst und Opfer, als Gemeinschaft und Aufgabe war – die konfessionellen und zum Teil sektiererischen Formen, in denen wir Kinder es kennenlernten, wurden mir schon sehr früh verdächtig und zum Teil ganz unausstehlich. Es wurden da manche Sprüche und Verse gesagt und gesungen, die schon den Dichter in mir beleidigten, und es blieb mir, als die erste Kindheit zu Ende war, keineswegs verborgen, wie sehr Menschen wie mein Vater und Großvater darunter litten und sich damit plagten, daß sie nicht wie die Katholiken ein festgelegtes Bekenntnis und

Dogma hatten, nicht ein echtes, bewährtes Ritual, nicht eine echte, wirkliche Kirche.

Daß die sogenannte »protestantische« Kirche nicht existierte, vielmehr in eine Menge kleiner Landeskirchen zerfiel, daß die Geschichte dieser Kirchen und ihrer Oberhäupter, der protestantischen Fürsten, um nichts edler war als die der geschmähten päpstlichen Kirche, daß sich ferner beinahe alles wirkliche Christentum, nahezu alle wirkliche Hingabe an das Reich Gottes nicht in diesen langweiligen Winkelkirchen vollzog, sondern in noch winkligeren, aber dafür durchglühten, aufgerüttelten Konventikeln von zweifelhafter und vergänglicher Form – dies alles war mir schon in ziemlich früher Jugend kein Geheimnis mehr, obwohl im Vaterhaus von der Landeskirche und ihren hergebrachten Formen nur mit Hochachtung gesprochen wurde (eine Hochachtung, die ich als nicht ganz echt empfand und früh beargwöhnte). Ich habe auch tatsächlich während meiner ganzen christlichen Jugend von der Kirche keinerlei religiöse Erlebnisse gehabt. Die häuslichen, persönlichen Andachten und Gebete, die Lebensführung meiner Eltern, ihre königliche Armut, ihre offene Hand für das Elend, ihre Brüderlichkeit gegen die Mitchristen, ihre Sorge um die Heiden, der ganze begeisterte Heroismus ihres Christenlebens empfing seine Speisung zwar aus der Bibellesung, nicht aber von der Kirche, und die sonntäglichen Gottesdienste, der Konfirmandenunterricht, die Kinderlehre brachten mir nichts an Erlebnis.

Im Vergleich nun mit diesem so eng eingeklemmten Christentum, mit diesen etwas süßlichen Versen, diesen meist so langweiligen Pfarrern und Predigten, war freilich die Welt der indischen Religion und Dichtung weit verlockender. Hier bedrängte mich keine Nähe, hier roch es weder nach nüchternen graugestrichenen Kanzeln noch nach pietistischen Bibelstunden, meine Phantasie hatte Raum, ich konnte die ersten Botschaften, die mich aus der indischen Welt erreichten, ohne Widerstände in mich einlassen, und sie haben lebenslang nachgewirkt.

Später hat meine persönliche Religion ihre Formen noch oft verändert, niemals plötzlich im Sinn einer Bekehrung, stets aber langsam im Sinn von Zuwachs und Entwicklung. Daß mein »Siddhartha« nicht die Erkenntnis, sondern die Liebe obenan stellt, daß er das Dogma ablehnt und das Erlebnis der Einheit zum Mittelpunkt macht, mag man als ein Zurückneigen zum Christentum, ja als einen wahrhaft protestantischen Zug empfinden.

Später erst als die indische Geisteswelt wurde die chinesische mir bekannt, und es gab neue Entwicklungen; der klassische chinesische Tugendbegriff, der mir Kung Fu Tse und Sokrates als Brüder erscheinen ließ und die verborgene Weisheit des Lao Tse mit ihrer mystischen Dynamik haben mich stark beschäftigt. Es kam auch nochmals eine Welle christlicher Beeinflussung, durch den Umgang mit einigen Katholiken von hohem geistigem Rang, namentlich mit meinem Freunde Hugo Ball, dessen unerbittliche Kritik der Reformation ich anerkennen konnte, ohne doch Katholik zu werden. Ich sah damals auch ein wenig vom Betrieb und der Politik der Katholiken, und ich sah, wie ein Charakter von der Reinheit und Größe Hugo Balls von seiner Kirche und ihren geistigen und politischen Vertretern, je nach der Konjunktur, bald propagandistisch benutzt, bald fallengelassen und verleugnet wurde.

Es war offenbar auch diese Kirche kein idealer Raum für Religion, es war offenbar auch hier Streben und Wichtigtun, Gezänk und roher Machtwille am Werk, es zog sich offenbar auch hier das christliche Leben gern ins Private und Verborgene zurück.

In meinem religiösen Leben spielt also das Christentum zwar nicht die einzige, aber doch eine beherrschende Rolle, mehr ein mystisches Christentum als ein kirchliches, und es lebt nicht ohne Konflikte, aber doch ohne Krieg neben einer mehr indisch-asiatisch gefärbten Gläubigkeit, deren einziges Dogma der Gedanke der Einheit ist. Ich habe nie ohne Religion gelebt und könnte keinen Tag ohne sie leben, aber ich bin mein Leben lang ohne Kirche ausgekommen. Die konfessionell und politisch getrennten Sonderkirchen sind mir immer, und am meisten während des Weltkrieges, als Karikaturen des Nationalismus erschienen, und die Unfähigkeit der protestantischen Bekenntnisse zu einer überkonfessionellen Einheit schien mir immer ein anklagendes Symbol für die deutsche Unfähigkeit zur Einigkeit zu sein. In früheren Jahren blickte ich bei solchen Gedanken mit einiger Verehrung und einigem Neid zur römisch-katholischen Kirche hinüber, und meine Protestantensehnsucht nach fester Form, nach Tradition, nach Sichtbarwerdung des Geistes hilft mir auch heute noch, meine Verehrung für dies größte kulturelle Gebilde des Abendlandes aufrechtzuerhalten. Aber auch diese bewundernswerte katholische Kirche ist mir nur in der Distanz so verehrungswürdig, und sobald ich ihr nähertrete, riecht sie wie jede menschliche Gestaltung sehr nach Blut und Gewalt, nach Politik und Gemeinheit. Immerhin, gelegentlich beneide ich den Katholiken um die Möglichkeit, sein Gebet vor einem Altar zu sprechen statt in dem oft so engen Kämmerlein, und seine Beichte in das Loch eines Beichtstuhles hinein zu sagen, statt sie immer nur der Ironie der einsamen Selbstkritik auszusetzen.

Besinnung

Göttlich ist und ewig der Geist.
Ihm entgegen, dessen wir Bild und Werkzeug sind,
Führt unser Weg; unsre innerste Sehnsucht ist:
Werden wie Er, leuchten in Seinem Licht.

Aber irden und sterblich sind wir geschaffen,
Träge lastet auf uns Kreaturen die Schwere.
Hold zwar und mütterlich warm umhegt uns Natur,
Säugt uns Erde, bettet uns Wiege und Grab;
Doch befriedet Natur uns nicht,
Ihren Mutterzauber durchstößt
Des unsterblichen Geistes Funke
Väterlich, macht zum Manne das Kind,
Löscht die Unschuld und weckt uns zu Kampf
und Gewissen.

So zwischen Mutter und Vater,
So zwischen Leib und Geist
Zögert der Schöpfung gebrechlichstes Kind,
Zitternde Seele Mensch, des Leidens fähig
Wie kein andres Wesen, und fähig des Höchsten:
Gläubiger, hoffender Liebe.

Schwer ist sein Weg, Sünde und Tod seine Speise,
Oft verirrt er ins Finstre, oft wär ihm
Besser, niemals erschaffen zu sein.
Ewig aber strahlt über ihm seine Sehnsucht,
Seine Bestimmung: das Licht, der Geist.
Und wir fühlen: ihn, den Gefährdeten,
Liebt der Ewige mit besonderer Liebe.

Darum ist uns irrenden Brüdern
Liebe möglich noch in der Entzweiung,
Und nicht Richten und Haß,
Sondern geduldige Liebe,
Liebendes Dulden führt
Uns dem heiligen Ziele näher.

Ein Stückchen Theologie

Aus Gedanken und Notizen verschiedener Jahre schreibe ich heute einige Sätze auf, in denen ich zwei meiner Lieblingsvorstellungen miteinander in Beziehung bringe: die Vorstellung von den drei mir bekannten Stufen der Menschwerdung und die Vorstellung von zwei Grundtypen des Menschen. Die erste dieser beiden Vorstellungen ist mir wichtig, ja heilig, ich halte sie für Wahrheit schlechthin. Die zweite ist rein subjektiv und wird von mir, wie ich hoffe, nicht ernster genommen als sie verdient, tut mir aber je und je beim Beobachten des Lebens und der Geschichte gute Dienste. Der Weg der Menschwerdung beginnt mit der Unschuld (Paradies, Kindheit, verantwortungsloses Vorstadium). Von da führt er in die Schuld, in das Wissen um Gut und Böse, in die Forderungen der Kultur, der Moral, der Religionen, der Menschheitsideale. Bei jedem, der diese Stufe ernstlich und als differenziertes Individuum durchlebt, endet sie unweigerlich mit Verzweiflung, nämlich mit der Einsicht, daß es ein Verwirklichen der Tugend, ein völliges Gehorchen, ein sattsames Dienen nicht gibt, daß Gerechtigkeit unerreichbar, daß Gutsein unerfüllbar ist. Diese Verzweiflung führt nun entweder zum Untergang oder aber zu einem dritten Reich des Geistes, zum Erleben eines Zustandes jenseits von Moral und

Gesetz, ein Vordringen zu Gnade und Erlöstsein, zu einer neuen, höheren Art von Verantwortungslosigkeit, oder kurz gesagt: zum Glauben. Einerlei welche Formen und Ausdrükke der Glaube annehme, sein Inhalt ist jedesmal derselbe: daß wir wohl nach dem Guten streben sollen, soweit wir vermögen, daß wir aber für die Unvollkommenheit der Welt und für unsere eigene nicht verantwortlich sind, daß wir uns selbst nicht regieren, sondern regiert werden, daß es über unsrem Erkennen einen Gott oder sonst ein »Es« gibt, dessen Diener wir sind, dem wir uns überlassen dürfen.

Dies ist europäisch und beinahe christlich ausgedrückt. Der indische Brahmanismus (der, wenn man seine Gegenwelle, den Buddhismus, miteinrechnet, wohl das Höchste ist, was die Menschheit an Theologie geschaffen hat) hat andere Kategorien, die sich aber ganz gleich deuten lassen. Dort geht die Stufenfolge etwa so: der naive Mensch, beherrscht von Angst und Begierde, sehnt sich nach Erlösung. Mittel und Weg dazu ist Yoga, die Erziehung zur Beherrschung der Triebe. Einerlei ob Yoga als ganz materielle und mechanische Bußübung betrieben wird oder als höchster geistiger Sport – stets bedeutet es: Erziehung zur Verachtung der Schein- und Sinnenwelt, Besinnung auf den Geist, den Atman, der uns innewohnt und der eins ist mit dem Weltgeist. Yoga entspricht genau unserer zweiten Stufe, es ist Streben nach Erlösung durch Werke. Es wird vom Volke bewundert und überschätzt, der naive Mensch neigt immer dazu, im Büßer den Heiligen und Erlösten zu sehen. Yoga ist aber nur Stufe und endet mit Verzweiflung. Die Buddhalegende (und hundert andre) stellt dies in deutlichen Bildern dar. Erst indem Yoga der Gnade weicht, indem er als Zweckstreben, als Beflissenheit, als Gier und Hunger erkannt wird, indem der aus dem Traum des Scheinlebens

Erwachende sich als ewig und unzerstörbar, als Geist vom Geiste, als Atman erkennt, wird er unbeteiligter Zuschauer des Lebens, kann er beliebig tun oder nichttun, genießen oder entbehren, ohne daß sein Ich mehr davon berührt wird. Sein Ich ist ganz zum Selbst geworden. Dies »Erwachtsein« der Heiligen (gleichbedeutend mit dem »Nirwana« Buddhas) entspricht unserer dritten Stufe. Es ist, wieder in etwas anderer Symbolik, eben derselbe Stufengang bei Lao Tse zu finden, dessen »Weg« der Weg vom Gerechtigkeitsstreben zum Nichtmehrstreben von der Schuld und Moral zum Tao ist, und für mich hängen die wichtigsten geistigen Erlebnisse damit zusammen, daß ich allmählich und mit Jahren und Jahrzehnten der Pausen, im Wiederfinden derselben Deutung des Menschendaseins bei Indern, Chinesen und Christen die Ahnung eines Kernproblems bestätigt und überall in analogen Symbolen ausgedrückt fand. Daß mit dem Menschen etwas gemeint sei, daß Menschennot und Menschensuchen zu allen Zeiten auf der ganzen Erde eine Einheit sei, wurde mir durch nichts so sehr bestätigt wie durch diese Erlebnisse. Dabei ist es gleichgültig, ob wir, wie viele Heutige, den religiös philosophischen Ausdruck menschlichen Denkens und Erlebens als den einer veralteten, heute überwundenen Epoche betrachten. Was ich hier »Theologie« nenne, ist meinetwegen zeitgebunden, ist meinetwegen Produkt eines Stadiums der Menschheit, das einmal überwunden und vergangen sein wird. Auch die Kunst, auch die Sprache sind vielleicht Ausdrucksmittel, welche nur bestimmten Stufen der Menschengeschichte eigen sind, auch sie mögen überwindbar und ersetzbar sein. Auf jeder Stufe aber wird den Menschen, so scheint mir, im Streben nach Wahrheit nichts so wichtig und so tröstlich sein, wie die Wahrnehmung, daß der Spaltung in Rassen, Farben, Sprachen und Kulturen eine Einheit zugrunde liegt, daß es nicht verschiedene Menschen und Geister gibt, sondern nur Eine Menschheit, nur Einen Geist.

Nochmals skizziert: Der Weg führt aus der Unschuld in die Schuld, aus der Schuld in die Verzweiflung, aus der Verzweiflung entweder zum Untergang oder zur Erlösung: nämlich nicht wieder hinter Moral und Kultur zurück ins Kinderparadies, sondern über sie hinaus in das Lebenkönnen kraft eines Glaubens. Aus jedem Stadium kann natürlich auch wieder ein Rückschritt erfolgen. Selten zwar wird es dem wach Gewordenen gelingen, aus dem Reich, wo Gut und Böse gilt, wieder in die Unschuld zurückzuflüchten. Sehr häufig aber wird, wer schon das Erlebnis der Gnade und der Erlösung kennt, wieder auf die zweite Stufe zurückfallen und wieder deren Gesetzen, der Angst, den nie erfüllbaren Forderungen anheimfallen.

Soweit kann ich die Stadien einer Menschwerdung einer Entwicklungsgeschichte der Seele erkennen. Ich kenne sie aus der eigenen Erfahrung und kenne sie aus den Zeugnissen vieler anderer Seelen. Immer, zu allen Zeiten der Geschichte und in allen Religionen und Lebensformen, sind es dieselben typischen Erlebnisse, immer in derselben Stufung und Reihenfolge: Verlust der Unschuld, Bemühung um Gerechtigkeit unter dem Gesetz, daraus folgende Verzweiflung im vergeblichen Ringen um das Überwinden der Schuld durch Werke oder durch Erkenntnis und endlich Auftauchen aus der Hölle in eine veränderte Welt und in eine neue Art von Unschuld. Hundertmal hat die Menschheit sich diesen Entwicklungsgang in großartigen Sinnbildern vorgezeichnet: das uns geläufigste dieser Bilder ist der Weg vom paradiesischen Adam bis zum erlösten Christen.

Viele dieser sinnbildlichen Zeichnungen freilich zeigen

uns auch noch weitere, höhere Stufen der Entwicklung: zum Mahatma, zum Gott, zum reinen Sein des Geistes, dem nichts von Materie und nichts von Werdequal mehr anhängt. Alle Religionen kennen diese Wunschbilder, auch mir ist er oft als bestes Wunschbild erschienen: der Vollkommene, Schmerzlose, Makellose, Unsterbliche. Ob aber dies Wunschbild anderes sei als holder Traum, ob es jemals Erfahrung und Wirklichkeit geworden sei, ob jemals wirklich ein Mensch Gott geworden sei, darüber weiß ich nichts. Von jenen Hauptstufen der Seelengeschichte aber weiß ich, und von ihnen weiß und wußte jeder, der sie erlebt hat; sie sind Wirklichkeiten. Möge es nun jene erträumten noch höheren Stufen der Menschwerdung geben oder nicht: es sei uns willkommen, daß sie als Traum, als Wunschbild, als Dichtung, als ideales Ziel vorhanden sind. Wurden sie jemals von Menschen wirklich erlebt, so waren es Erlebnisse, über welche diese Menschen geschwiegen haben und die in ihrer Art nach dem, der sie nicht erlebt hat, unverständlich und unmitteilbar sind. In Heiligenlegenden aller Religionen finden sich Andeutungen solcher Erlebnisse, welche überzeugend klingen. In den Irrlehren kleiner Sektierer und falscher Propheten finden wir häufig Andeutungen solcher Erlebnisse, die alle Kennzeichen der Halluzination oder des bewußten Schwindels tragen.

Übrigens sind es keineswegs nur jene mystischen letzten Stufen und Erlebnismöglichkeiten der Seele, die sich dem Verständnis und der eindeutigen Mittelbarkeit entziehen. Auch die früheren, auch die allerersten Schritte auf dem Weg der Seele sind verständlich und mitteilbar einzig für den, der sie an sich erlebt hat. Wer noch in der ersten Unschuld lebt, wird niemals die Bekenntnisse aus den Reichen der Schuld, der Verzweiflung, der Erlösung verstehen, sie werden ihm ebenso unsinnig klingen wie einem unbewanderten Leser die Mythologien fremder Völker. Dagegen erkennt jeder die typischen Seelenerlebnisse, die er selbst gehabt hat, unfehlbar und augenblicklich wieder, wo er sie in den Berichten anderer antrifft – auch da, wo er aus fremden und unvertrauten Theologien übersetzen muß. Jeder Christ, der wirklich etwas erlebt hat, erkennt dieselben Erfahrungen bei Paulus, Pascal, Luther, Ignatius unfehlbar wieder. Und jeder Christ, der noch ein Stück näher ans Zentrum des Glaubens gekommen und darum dem Bereich der bloß »christlichen« Erlebnisse entwachsen ist, findet bei den Gläubigen anderer Religionen, nur in anderer Bildsprache, alle jene Grunderlebnisse der Seele mit allen Kennzeichen unfehlbar wieder.

Meine eigene, im Christlichen beginnende Seelengeschichte zu erzählen, aus ihr meine persönliche Art von Glauben systematisch zu entwickeln, wäre ein unmögliches Unternehmen; Ansätze dazu sind alle meine Bücher. Unter ihren Lesern finden sich manche, für welche diese Bücher einen ganz bestimmten Sinn und Wert haben: den nämlich, daß sie ihre eigenen wichtigsten Erlebnisse, Siege und Niederlagen in ihnen bestätigt und verdeutlicht finden. Groß ist ihre Zahl nicht, aber sehr groß ist überhaupt die Zahl der Menschen nicht, welche Seelenerlebnisse haben. Die Mehrzahl wird ja nie Mensch, sie bleibt im Urzustand, im kindlichen Diesseits der Konflikte und der Entwicklungen; die Mehrzahl lernt niemals vielleicht auch nur die »zweite Stufe« kennen, sondern bleibt in der verantwortungslosen Tierwelt ihrer Triebe und Säuglingsträume stehen, und die Sage von einem Zustand jenseits ihrer Dämmerung, von einem Gut und Böse, von einer Verzweiflung an Gut und Böse, von einem Auftauchen aus der Not in Lichter der Gnade klingt ihnen lächerlich.

Es mag tausend Arten geben, auf welche sich Individuation und Seelengeschichte des Menschen vollziehen kann. Der Weg dieser Geschichte aber und seine Stufenfolge ist stets derselbe. – Zu beobachten, wie dieser unweigerlich starre Weg auf so verschiedene Arten, von so verschiedenen Menschenarten erlebt, erkämpft, erlitten wird, ist wohl die beglückendste Leidenschaft des Historikers, des Psychologen und des Dichters. –

Unter den Versuchen unseres Verstandes, dies bunte Bilderbuch rational zu erfassen und systematisch einzuteilen, steht obenan der uralte Versuch, die Menschheit nach Typen einzuteilen und zu ordnen. Wenn auch ich, aus meiner Art und Erfahrung heraus, es nun versuche, zwei gegensätzliche Grundtypen von Menschen darzustellen und damit zwei grundsätzlich verschiedene Arten, wie der unveränderliche Menschheitsweg erlebt werden kann, so ist mir dabei bewußt, daß jedes Aufstellen von sogenannten Grundtypen des Menschen lediglich ein Spiel ist. Es gibt nicht eine beschränkte oder unbeschränkte Zahl von feststehenden Typen, in welche die Menschen eingeordnet werden könnten; nichts kann dem Philosophen verhängnisvoller werden als der Buchstabenglaube an irgendeine Typenlehre. Wohl aber gibt es – von den meisten Menschen unbewußt stets gehandhabt – die Typeneinteilung als Spiel, als Versuch, unsere Erfahrungsmasse zu bewältigen, als gebrechliches Mittel zum Ordnen unserer Erlebniswelt. Schon das kleine Kind unterscheidet vermutlich alle Menschen, die in seinen Gesichtskreis treten, nach Typen, deren Urbilder Vater, Mutter, Amme sind. Mir hat sich aus Erfahrung und Lektüre eine Einteilung der Menschen in zwei Haupttypen ergeben, ich nenne sie die Vernünftigen und die Frommen. Ohne weiteres ordnet sich mir nach diesem sehr groben Schema die

Welt. Aber natürlich ordnet sie sich durch dies Hilfsmittel immer bloß für einen Augenblick, um dann sofort wieder zum undurchdringlichen Rätsel zu werden. Der Glaube ist mir längst abhanden gekommen, daß uns an Erkenntnis und an Einblick ins Chaos des Weltgeschehens mehr gegönnt sei, als diese Scheinordnung eines glücklichen Augenblicks, als dieses je und je erlebbare kleine Glück: für eine Sekunde das Chaos sich als Kosmos vorzutäuschen.

Wenn ich in einem solchen glücklichen Moment mein Schema »Vernunft oder Frommsein« auf die Weltgeschichte anwende, so besteht für mich in diesem Augenblick die Menschheit nur aus diesen beiden Typen. Von jeder historischen Gestalt glaube ich zu wissen, welchem Typus sie angehört, und auch von mir selbst glaube ich es dann genau zu wissen: nämlich, daß ich zur Art der Frommen gehöre, nicht zu der der Vernünftigen. Aber im nächsten Augenblick, wenn das hübsche Gedankenerlebnis vorüber ist, stürzt mir die herrlich geordnete Welt wieder zum sinnlosen Wirrwarr zusammen, und was ich eben noch so klar zu sehen glaubte, nämlich welchem meiner beiden Typen Buddha oder Paulus oder Cäsar oder Lenin angehörte, das weiß ich jetzt durchaus nicht mehr; und leider weiß ich auch über mich selbst durchaus nicht mehr Bescheid. Eben noch wußte ich nicht genau, daß ich ein Frommer sei – und nun entdeckte ich Zug um Zug an mir die Merkmale des Vernunftmenschen und besonders deutlich die unangenehmsten Merkmale.

Es ist mit allem Wissen nicht anders. Wissen ist Tat. Wissen ist Erlebnis. Es beharrt nicht. Seine Dauer heißt Augenblick. – Ich versuche nun, unter Verzicht auf alle Systematik, die beiden Typen ungefähr zu zeichnen, die mir das Schema zu meinen Gedankenspielen geben.

Der Vernünftige glaubt an nichts so sehr als an die menschliche Vernunft. Er hält sie nicht nur für eine hübsche Gabe, sondern für das schlechthin Höchste.

Der Vernünftige glaubt den »Sinn« der Welt und seines Lebens in sich selber zu besitzen. Er überträgt den Anschein von Ordnung und Zweckgebundenheit, den ein vernünftig geordnetes Einzelleben hat, auf die Welt und Geschichte. Er glaubt darum an Fortschritt. Er sieht, daß die Menschen heute besser schießen und schneller reisen können als früher, und er will und darf nicht sehen, daß diesen Fortschritten tausend Rückschritte gegenüberstehen. Er glaubt, der Mensch von heute sei entwickelter und höher als Konfuzius, Sokrates oder Jesus, weil der Mensch von heute gewisse technische Fähigkeiten stärker ausgebildet hat. Der Vernünftige glaubt, daß die Erde dem Menschen zur Ausbeutung ausgeliefert sei. Sein gefürchtetster Feind ist der Tod, der Gedanke an die Vergänglichkeit seines Lebens und Tuns. An ihn zu denken, vermeidet er, und wo er dem Todesgedanken nicht entgehen kann, flüchtet er in die Aktivität und setzt dem Tode ein verdoppeltes Streben entgegen: nach Gütern, nach Erkenntnissen, nach Gesetzen, nach rationaler Beherrschung der Welt. Sein Unsterblichkeitsglaube ist der Glaube an jenen Fortschritt; als tätiges Glied in der ewigen Kette des Fortschritts glaubt er sich vor dem völligen Verschwinden bewahrt.

Der Vernünftige neigt gelegentlich zu Haß und Eifer gegen die Frommen, die an seinen Fortschritt nicht glauben und der Verwirklichung seines rationalen Ideals im Wege stehen. Man denke an den Fanatismus der Revolutionäre, man erinnere sich an die Äußerungen heftigster Ungeduld gegen Andersgläubige bei allen fortschrittlichen, demokratisch-vernünftigen, sozialistischen Autoren. –

Der Vernünftige scheint im praktischen Leben seines Glaubens sicherer zu sein als der Fromme. Er fühlt sich, im Namen der Göttin Vernunft, berechtigt zum Befehlen und Organisieren, zur Vergewaltigung der Mitmenschen, denen er ja nur Gutes aufzuzwingen glaubt: Hygiene, Moral, Demokratie usw.

Der Vernünftige strebt nach Macht, sei es auch nur, um das »Gute« durchzusetzen. Seine größte Gefahr liegt hier, im Streben nach Macht, in ihrem Mißbrauch, im Befehlenwollen, im Terror. Trotzki, dem es ganz unerträglich ist, einen Bauern prügeln zu sehen, läßt seiner Idee zuliebe ohne Skrupel Hunderttausende schlachten.

Der Vernünftige verliebt sich leicht in Systeme. Die Vernünftigen, da sie die Macht suchen und haben, können den Frommen nicht nur verachten oder hassen, sie können ihn auch verfolgen, ihm den Prozeß machen, ihn töten. Sie verantworten es, Macht zu haben und sie »zum Guten« anzuwenden, und alle Mittel bis zu den Kanonen sind ihnen dazu recht. Der Vernünftige kann gelegentlich verzweifeln, wenn Natur und das, was er »Dummheit« nennt, immer wieder so stark sind. – Er kann darunter, daß er verfolgen, strafen und töten muß, zu Zeiten schwer leiden.

Seine hohen Augenblicke sind die, da er trotz aller Widersprüche den Glauben in sich stark fühlt, daß im Grunde eben doch die Vernunft Eins sei mit dem Geist, der die Welt schuf und regiert.

Der Vernünftige rationalisiert die Welt und tut ihr Gewalt an. Er neigt stets zu grimmigem Ernst. Er ist Erzieher.

Der Vernünftige ist immer geneigt, seinen Instinkten zu mißtrauen.

Der Vernünftige fühlt sich der Natur und der Kunst gegenüber stets unsicher. Bald blickt er verächtlich auf sie herab, bald überschätzt er sie abergläubisch. Er ist es, der die Millionenpreise für alte Kunstwerke zahlt oder Reservate für Vögel, Raubtiere, Indianer einrichtet.

Der Grund des Glaubens und Lebensgefühl beim Frommen ist die Ehrfurcht. Sie äußert sich unter andrem in zwei Hauptmerkmalen: in einem starken Natursinn und in dem Glauben an eine überrationale Weltordnung. Der Fromme schätzt in der Vernunft zwar eine hübsche Gabe, sieht in ihr aber nicht ein zulängliches Mittel zur Erkenntnis oder gar zur Beherrschung der Welt.

Der Fromme glaubt, daß der Mensch ein dienender Teil der Erde sei. Der Fromme flüchtet, wenn das Grauen vor Tod und Vergänglichkeit ihn faßt, in den Glauben, daß der Schöpfer (oder die Natur) seine Zwecke auch mit diesen uns erschreckenden Mitteln anstrebe und sieht nicht im Vergessen oder Bekämpfen des Todesgedankens eine Tugend, sondern in der schauernden, aber ehrfürchtigen Hingabe in einen höheren Willen.

An Fortschritt glaubt er nicht, da sein Vorbild nicht die Vernunft, sondern die Natur ist, und da er in der Natur keinen Fortschritt gewahren kann, sondern nur ein Sichausleben und Sichverwirklichen unendlicher Kräfte ohne erkennbares Endziel.

Der Fromme neigt gelegentlich zu Haß und Eifer gegen die Vernünftigen, die Bibel ist voll von krassen Beispielen ungebärdigen Eifers gegen den Unglauben und die weltlichen Ideale. Doch erlebt der Fromme in seltenen hohen Augenblicken auch den Blitz jenes geistigen Erlebnisses, das ihm den Glauben gibt, daß auch alle Fanatismen und Wildheiten der Vernünftigen, alle Kriege, alle Verfolgungen und Knechtungen im Namen hoher Ideale am Ende Gottes Zwecken dienen müssen.

Der Fromme strebt nicht nach Macht, er scheut davor zurück, andre zu zwingen. Er mag nicht befehlen. Dies ist seine größte Tugend. Dafür ist er häufig allzu lau in der Arbeit an wirklich erstrebenswerten Dingen, er neigt leicht zu Quietismus und Nabelschau. Er begnügt sich oft gerne mit dem Hegen seiner Ideale, ohne sich für ihre Verwirklichung anzustrengen. Da Gott (oder die Natur) doch stärker ist als wir, mag er nicht eingreifen.

Der Fromme verliebt sich leicht in Mythologien. Der Fromme kann hassen oder verachten, er verfolgt und tötet aber nicht. Nie wird Sokrates oder Jesus der Verfolgende oder Tötende sein, stets der Leidende. Dagegen nimmt der Fromme, oft leichtsinnig, nicht minder große Verantwortungen auf sich. Er verantwortet nicht nur seine Lauheit im Verwirklichen guter Ideen, er verantwortet auch seinen eigenen Untergang und die Schuld, die der Feind durch seine Tötung auf sich nimmt.

Der Fromme mythologisiert die Welt und nimmt sie häufig darüber nicht ernst genug. Er neigt stets etwas zum Spielen. Er erzieht die Kinder nicht, sondern preist sie selig. Der Fromme ist stets geneigt, seinem Verstande zu mißtrauen.

Der Fromme fühlt sich der Natur und der Kunst gegenüber stets sicher und bei ihnen zu Hause, dafür ist er unsicher der Bildung und dem Wissen gegenüber. Bald verachtet er sie als dummes Zeug und tut ihnen unrecht, bald wieder überschätzt er sie abergläubisch. Bei einem äußersten Fall des Zusammenpralls: wenn etwa ein Frommer in die Vernunft-Maschine hinein gerät und entweder in einem Prozeß oder in einem Krieg, den er wider Willen, auf Befehl des Vernünftigen mitmacht, umkommt – in einem solchen Fall sind immer beide Parteien schuldig. Der Vernünftige ist daran schuld, daß es Todesstrafen, Gefängnisse, Kriege, Kanonen gibt. Der Fromme hat aber nichts dazu getan, dies alles unmöglich zu machen. Die beiden Prozesse der Weltgeschichte, in denen deutlicher und symbolkräftiger als sonst ein Frommer von den Vernünftigen getötet wurde; die Prozesse des Sokrates und des Heilands zeigen Momente von einer schauerlichen Zweideutigkeit. Hätten nicht die Athener und hätte nicht Pilatus ganz leicht die Gebärde finden können, mit der der Angeklagte ohne Verlust an Prestige zu entlassen war? Und hätte nicht Sokrates ebenso wie Jesus, statt mit einer gewissen heroischen Grausamkeit den Gegner schuldig werden lassen und sterbend über ihn zu triumphieren – hätten sie nicht mit wenig Aufwand die Tragödie verhindern können? Gewiß. Aber Tragödien sind nie zu verhindern, denn sie sind nicht Unglücksfälle, sondern Zusammenstöße gegensätzlicher Welten.

Wenn ich in den obigen Rubriken überall den »Frommen« dem »Vernünftigen« entgegenstelle, so möge der Leser sich stets der rein psychologischen Bedeutung dieser Benennungen bewußt sein. Natürlich haben scheinbar sehr oft gerade die »Frommen« das Schwert geführt und die »Vernünftigen« haben geblutet (etwa in der Inquisition). Aber ich verstehe natürlich nicht unter den Frommen die Priester und unter den Vernünftigen nicht die, die Freude am Denken haben. Wenn ein spanisches Ketzergericht einen »Freidenker« verbrannte, so war der Inquisitor der Vernünftige, der Organisator, der Mächtige, sein Opfer aber war der Fromme.

Übrigens liegt es mir trotz gewisser Gewaltsamkeiten meines Schemas natürlich fern, dem Frommen die Tüchtigkeit, dem Vernünftigen die Genialität abzusprechen. In beiden Lagern gedeiht Genie, gedeiht Idealismus, Heroismus,

Opfersinn. Die »Vernünftigen«, Hegel, Marx, Lenin (am Ende sogar Trotzki) halte ich alle für Genies. Andrerseits hat ein Frommer und Gewaltloser wie Tolstoi immerhin dem »Verwirklichen« größte Opfer gebracht.

Überhaupt scheint es mir ein Kennzeichen des genialen Menschen zu sein, daß er zwar seinen Typus als besonders geglücktes Exemplar darstellt, zugleich aber ein geheimes Verlangen nach dem Gegenpol, eine stille Achtung für den gegensätzlichen Typ in sich trägt. Der Nur-Zahlenmensch ist nie genial, ebensowenig der Nur-Stimmungsmensch. Manche Ausnahmemenschen scheinen geradezu zwischen den beiden Grundtypen hin- und herzuschwanken und von tief gegensätzlichen Begabungen beherrscht zu sein, die sich gegenseitig nicht ersticken, sondern bestärken; zu den vielen Beispielen dafür gehören die frommen Mathematiker (Pascal).

Und so, wie das fromme und das vernünftige Genie einander recht wohl kennen, einander heimlich lieben, einer vom andern angezogen werden, so ist auch das höchste geistige Erlebnis, dessen wir Menschen fähig sind, stets eine Versöhnung zwischen Vernunft und Ehrfurcht, ein Sich-als-gleich-Erkennen der großen Gegensätze.

Schlußbetrachtung

Wenden wir nun zum Schluß die beiden Schemata aufeinander an: das Schema der drei Menschwerdungsstufen auf die beiden menschlichen Grundtypen, so werden wir zwar finden, daß die Bedeutung der drei Stufen für beide Typen die gleiche ist. Wir werden aber auch sehen, daß die Gefahren und Hoffnungen beider Typen auch hier verschieden sind. Es wird der Stand der Kindheit und natürlichen Unschuld bei beiden Typen sich ähnlich darstellen. Doch schon der erste Schritt der Menschwerdung, der Eintritt in das Reich von Gut und Böse, hat nicht für beide Typen das gleiche Gesicht. Der Fromme wird kindlicher sein, er wird mit weniger Ungeduld und mit mehr Widerstreben das Paradies verlassen und das Schuldigwerden erleben. Dafür aber wird er auf der nächsten Stufe auf dem Weg von der Schuld zur Gnade, kräftigere Flügel haben. Er wird überhaupt der mittleren Stufe (Freud nennt sie »Das Unbehagen der Kultur«) möglichst wenig gedenken und sich ihr möglichst entziehen. Durch sein wesentliches Sichfremdfühlen im Reich der Schuld und des Unbehagens wird ihm unter Umständen der Aufschwung zur nächsten erlösenden Stufe erleichtert. Es wird ihm aber auch gelegentlich das infantile Zurückfliehen ins Paradies, in die verantwortungslose Welt ohne Gut und Böse naheliegen und gelingen. Für den Vernünftigen hingegen ist die zweite Stufe, die Stufe der Schuld, die Stufe der Kultur, der Aktivität und Zivilisation, recht eigentlich die Heimat. Ihm hängt nicht lang und störend ein Rest von Kindheit nach, er arbeitet gern, er trägt gern Verantwortung, und er hat weder Heimweh nach der verlorenen Kindheit, noch begehrt er sehr heftig nach dem Befreitwerden von Gut und Böse, obwohl dies Erlebnis auch ihm ersehnbar und erreichbar ist. Leichter als der Fromme erliegt er dem Glauben, es werde sich mit den von Moral und Kultur gestellten Aufgaben schon fertig werden lassen; schwerer als der Fromme erreicht er den Zwischenzustand der Verzweiflung, das Scheitern seiner Anstrengungen, das Wertloswerden seiner Gerechtigkeit. Dafür wird er, wenn die Verzweiflung erst da ist, vielleicht weniger leicht als der Fromme jener Versuchung zur Flucht in die Vorwelt und Unverantwortlichkeit erliegen.

Auf der Stufe der Unschuld bekämpfen sich Fromm und

Vernünftig so, wie Kinder von verschiedener Veranlagung sich bekämpfen.

Auf der zweiten Stufe bekämpfen sich, wissend geworden, die beiden Gegenpole mit der Heftigkeit, Leidenschaft und Tragik der Staatsaktionen.

Auf der dritten Stufe beginnen die Kämpfer einander zu erkennen, nicht mehr in ihrer Fremdheit, sondern in ihrem Aufeinanderangewiesensein. Sie beginnen einander zu lieben, sich nacheinander zu sehnen. Von hier führt der Weg in die Möglichkeiten des Menschentums, deren Verwirklichung bisher von Menschenaugen noch nicht erblickt worden ist.

Zen

Vorbemerkung

Diese Schrift gilt dem Erscheinen des Bi-Yän-Lu, des klassischen Werkes des chinesischen Zen-Buddhismus, in der Verdeutschung und mit den Erläuterungen von Wilhelm Gundert.

Mit Wilhelm Gundert, meinem Vetter, bin ich von Kinderzeiten her befreundet, er ist nur drei Jahre jünger als ich. Auch während seiner jahrzehntelangen Tätigkeit in Japan blieben wir in Verbindung und Austausch, um am Entstehen seines gewaltigen Alterswerkes, eben der Verdeutschung des Bi-Yän-Lu, ließ er uns, meine Frau und mich, bei seinen paar Besuchen in Montagnola teilnehmen. Es waren für uns jedesmal köstliche und weihevolle Stunden, wenn er uns ein Kapitel vorlas, und daß es bei diesen Vorlesungen auch Stellen gab, die uns hellauf lachen machten, tat der erbaulichen Wirkung keinen Abbruch.

Erschienen ist das Werk im September 1960. Einige Wochen nahm die erste Lektüre in Anspruch. Seither hat das Buch und das Nachsinnen darüber einen großen Teil meiner Tage ausgefüllt. Ich hatte früher manchen Aufsatz und auch einige Bücher über Zen gelesen. Was sie mir nicht gegeben hatten, das erschloß sich mir bei dieser heilsamen Beschäftigung.

Der Brief an Wilhelm Gundert wurde gleich nach Erscheinen des Buches, Ende September, geschrieben ...

Brief an Wilhelm Gundert

Dank zuvor und tiefe Verneigung!

Lieber Vetter Wilhelm,

Seit jenem schönen Ereignis, der Verdeutschung des I Ging durch R. Wilhelm vor bald vierzig Jahren, hat keine Eroberung fernöstlicher Schätze durch den abendländischen Geist mich so tief berührt, so herzerfreuend alles Westöstliche in mir angerufen wie die große, mir vorerst nur im großen Umriß erfaßbare Leistung, an die du deinen Lebensabend, wohl mehr als ein Jahrzehnt geduldigster und heikelster Arbeit, hingegeben hast.

Ich habe nicht nur an dir und deinem Leben und Denken, sondern gerade auch am langsamen Entstehen dieses gewaltigen Werkes so vielfach und innig teilgenommen, daß ich, obwohl ich weder Sinologe noch Religionsforscher bin, mir vielleicht erlauben darf, dir auch öffentlich für dies Geschenk höchsten Ranges zu danken, dessen Gehalte und vielfache Zauber auszuschöpfen mein Lebensrest viel zu kurz ist. Chinas und Japans beste und frömmste Geister haben seit mehr als achthundert Jahren aus dieser Quelle geschöpft, ohne sie auszuschöpfen, haben sich an diesem Weisheitsbuch wund und wieder gesund studiert, an seinen Rätseln gekaut, seine Tiefen ahnend verehrt, seine Süßigkeit geschlürft und seinem hintergründigen Humor mit wissendem Lächeln zugenickt.

Daß je ein Europäer dieses vielschichtige und mit sieben Siegeln verschlossene Wunderwerk lesen und verstehen, es ohne völlige Einbuße an abendländisch-christlicher Erbmasse geistig erfassen und durchdringen, es deuten und gar es (oder doch sein erstes Drittel) übersetzen könne, war bis vor kurzem ganz unwahrscheinlich. Dazu bedurfte es wiederum eines ganzen, einmaligen, aus vielen Herkünften vorbereiteten Menschenlebens, eben des deinen, denn die zwölf oder dreizehn Jahre, die du schließlich dem Zustandekommen gewidmet hast, sind ja nur das letzte Kapitel in einem Leben, das sich, noch lang ehe du von Yüanwu, seinen großen Vorgängern und seiner gewaltigen Nachwirkung und Nachfolge wissen konntest, wie vorbestimmt auf diese Aufgabe vorbereitet und gerüstet hat.

In unserer Generation sind es wir beide, du und ich, die, wenn auch in sehr verschiedener Weise, etwas vom Wesen und Geist unsres Großvaters mitbekommen und dieses Erbe durch die eigene Lebensarbeit neu gestaltet und weiter überliefert haben. Die Tradition wird nicht aufhören, ich sehe sie schon von einem deiner Söhne und einer deiner Enkelinnen aufgenommen und fortgeführt.

Die Differenzierung und Sublimierung Gundertscher Gaben, Neigungen und Strebungen, verbunden natürlich auch mit Anfälligkeiten und Gefährdungen, begann bei unsrem Großvater, der aus der Umhegung seiner gediegenen schwäbisch-pietistischen Herkunft und Erziehung in verschiedenen Etappen den Weg in die Welt, in die übernationale und zeitlose Gemeinschaft der Geister fand. Zwar ist er, nach kurzen jugendlichen Rebellionsversuchen, im großen ganzen dennoch ein schwäbischer Pietist geblieben, doch mußte der Theologe statt in die Landeskirche in die Heidenmission, statt zu einer schwäbischen Pfarrerin zu einer welschen Frau gelangen, die nie wirklich Deutsch gelernt hat, und der zentralen Macht, die sein Leben regierte, der christlichen Frömmigkeit, halfen mancherlei andre Kräfte und Gaben dies reiche Leben erweitern, schmücken, mildern, vor allem: die innige Beziehung zur Musik und die noch innigere zu den Sprachen, die ihn zum Sanskritisten, Indologen, Übersetzer, Grammatiker und Lexikographen werden ließen. Er sprach nicht nur mit indischen Brahmanen Sanskrit, er erwarb sich auch eine innige, geradezu verliebte Vertrautheit mit der vielfarbigen Welt der indogermanischen Sprachen, und seine Liebe galt nicht nur den Skeletten der vielen Sprachen, die sich ihm erschlossen, nicht nur ihrer Grammatik und ihrem Vokabular, sondern auch ihrer Haut, ihrem sinnlichen Reiz, ihrem Spieltrieb, ihrer Musik. Davon haben wir beide etwas mitbekommen, du die philologische, ich die poetische Freude an den Wundern und Zaubern der Sprache, des besten Schatzes der Menschheit, in dem Natur und Geist, Gesetzmäßigkeit und Freiheit einander so vielfältig durchdringen. Mit des Großvaters indischer Sendung begann denn jenes besondere Seelenklima, jene eigentümliche Gestimmtheit und Empfänglichkeit für den Osten, die sich bei den Enkeln in so verschiedener Weise als westöstlich zu erkennen gab. Daß der Enkel Wilhelm einmal das berühmteste geistliche Übungsbuch des aus Indien nach China gewanderten und dort zu Zen gewordenen Buddhismus verstehen, übersetzen und dem Abendland erschließen, daß der Enkel

Hermann bei den Upanishaden, beim Buddhismus und bei chinesischer Lebensweisheit in die Schule gehen werde, dazu hat des Alten Vorgang und Vorbild den Grund gelegt. Er wäre mit beidem vermutlich nicht einverstanden gewesen, nicht mit dem Gebrauch, den du von deinem östlichen Wissen und deinen reifsten Lebensjahren gemacht hast, und noch weniger mit meiner indischen Dichtung. Aber dennoch hätte er beim Lesen des Titelblattes deines verdeutschten Bi Yän Lu hinter seinem schönen Greisenbart mit einem nicht eingestandenen Vergnügen und einer nicht eingestandenen Anerkennung gelächelt, und ähnlich gelächelt hätte er, glaube ich, zur Heimkehr meines Siddhartha, zu seinem Erscheinen in vielen Sprachen Indiens, darunter auch in Großvaters geliebtem Malayalam.

Offen bleibt vorerst die Frage, ob des Zen-Meisters Niederschrift aus dem Anfang des 12. Jahrhunderts von irgend jemand hier im Westen, und gar im deutschen Sprachbereich, verstanden werden wird. Es gibt natürlich eine kleine Zahl von Vorbereiteten und Sachverständigen; einige deiner Kollegen, Sinologen sowohl wie Religionswissenschafter, werden ihm gerecht zu werden versuchen, und auch in diesem engen Kreise noch werden es nur ganz wenige sein, die nicht bloß *eine* Seite des Werkes (etwa die philologische, oder die religions- und kulturgeschichtliche, oder die pädagogische) erfassen, sondern dem überwältigenden Eindruck des komplizierten Ganzen offenstehen. Man könnte dein Unternehmen, mit dem Rüstzeug eines langen Forscher- und Gelehrtenlebens, mit dem gewaltigen philologischen und philosophischen Apparat, mit der in japanischen Jahrzehnten erworbenen frommen Geduld ein so versponnenes, unsrem westlichen Geist so vollkommen fremdes, so eigensinniges und so wunderlich verschachteltes Riesenwerk zu übersetzen – man könnte dies Unternehmen auch als eine gewaltige Donquichotterie empfinden und bezeichnen, als eine ritterliche Narrheit also, wobei nicht zu vergessen wäre, daß der besessene Ritter eben doch die Welt und unsre Herzen erobert hat.

Nun, auf wieviel oder wie wenig Verständnis dein Werk stoßen wird, bleibt abzuwarten, und wir sind beide zu alt, um seine wahren Auswirkungen noch erleben zu können. Die Hindernisse, Irrwege, Dornhecken und tückischen Moore, durch die einer dringen muß, um das Werk ernstlich zu verstehen, liegen offen vor des Lesers Augen; es wird vielen, die das wunderbare Buch in die Hand nehmen, sich verschließen, und der Leser wird dastehen wie der chinesische Kaiser in der ersten Anekdote, der den Bodhidharma um den höchsten Sinn befragte und von dem es heißt: »Der Kaiser konnte sich nicht in ihn finden.«

Mir scheint, daß das Buch für erste Leseversuche so viel Abschreckendes hat und seinen süßen Kern in so eisenharten Schalen hält, gehört mit zu seinem Wesen und seinem hohen Wert. Es weigert sich dem Ungeduldigen, weigert sich dem nur Neugierigen, weigert sich vor allem dem Besserwisser. Der süße Kern aber sendet dem sich Hingebenden, dem Ehrfürchtigen, auch wenn er noch im äußersten Vorhof steht, durch alle harten Schalen hindurch seinen heiligen Duft entgegen und läßt ihn nicht mehr los. Denn das Ziel, an das der Meister den Novizen führen will und das bis heute aller Zen-Weisheit Sinn ist, das Geheimnis, das von den vielen Schichten und Fäden des Buches umkreist und umsponnen wird, ist jenes mit Worten nicht erfaßbare höchste Gut, das Ziel und Anliegen jeder Frömmigkeit. Worte, die daran zu rühren, daran zu mahnen suchen, sind etwa: Seligkeit, Friede, Erlösung, Übertritt aus der Zeit in die Ewigkeit, Nirwana.

Ich glaube durchaus an den Sinn und Wert deiner großen Arbeit. Damit das Mögliche entstehe, muß immer wieder das Unmögliche versucht werden.

Nochmals, lieber Vetter, Dank und tiefe Verneigung!

Der erhobene Finger

Meister Djü-dschi war, wie man uns berichtet,
Von stiller, sanfter Art und so bescheiden,
Daß er auf Wort und Lehre ganz verzichtet,
Denn Wort ist Schein, und jeden Schein zu meiden
War er gewissenhaft bedacht.
Wo manche Schüler, Mönche und Novizen
Vom Sinn der Welt, vom höchsten Gut
In edler Rede und Geistesblitzen
Gern sich ergingen, hielt er schweigend Wacht,
Vor jedem Überschwange auf der Hut.
Und wenn sie ihm mit ihren Fragen kamen,
Den eitlen wie den ernsten, nach dem Sinn
Der alten Schriften, nach den Buddha-Namen,
Nach der Erleuchtung, nach der Welt Beginn
Und Untergang, verblieb er schweigend,
Nur leise mit dem Finger aufwärts zeigend.
Und dieses Fingers stumm-beredtes Zeigen
Ward immer inniger und mahnender: es sprach,
Es lehrte, lobte, strafte, wies so eigen
Ins Herz der Welt und Wahrheit, daß hernach
So mancher Jünger dieses Fingers sachte
Hebung verstand, erbebte und erwachte.

Junger Novize im Zen-Kloster

I

Meines Vaters Haus im Süden steht,
Sonne wärmt es sanft und Seeluft weht.
Von der Heimat träum ich manche Nacht,
Naß von Tränen bin ich oft erwacht.

Wittern meine Kameraden schon,
Wie mir ist? Mir bangt vor ihrem Hohn.
Alte Mönche schnarchen sanft wie Tiere,
Ich allein, Yü Wang, bin wach und friere.

Einmal, einmal nehm ich meinen Stab,
Binde die Sandalen, reise ab,
Tausend Meilen pilgre ich zurück
In die Heimat, ins verlassne Glück.

Aber wenn des Meisters Tigerblick
Mich durchbohrt, erkenn ich mein Geschick,
Spüre Glut und spüre Eis im Leibe,
Zittre, schäme mich und bleibe, bleibe.

II

Ist auch alles Trug und Wahn
Und die Wahrheit stets unnennbar,
Dennoch blickt der Berg mich an
Zackig und genau erkennbar.

Hirsch und Rabe, rote Rose,
Meeresblau und bunte Welt:
Sammle dich – und sie zerfällt
Ins Gestalt– und Namenlose.

Sammle dich und kehre ein,
Lerne schauen, lerne lesen!
Sammle dich – und Welt wird Schein.
Sammle dich – und Schein wird Wesen.

Josef Knecht an Carlo Ferromonte

Freund, es ist doch hübsch und im Grunde tröstlich, wie alles, auch das scheinbar ganz und gar Vergangene, der Wiederkehr und neuen Lebens fähig ist. Vor kurzem erst hast du mir davon berichtet, daß neuerdings manche deiner Kollegen sich mit buddhistischer Lektüre beschäftigen, und zwar speziell mit der Literatur des Zen, sei es in der chinesischen oder der japanischen Form. Du neigst, wie es scheint, eher dazu, das für eine bloße Mode und müßige Spielerei zu halten; du selbst bist ja im Grunde entschlossen, dich nicht näher darauf einzulassen. Da du mich darum angehst, sage ich dir gern meine paar Gedanken über das Thema, denn die »Mode« ist auch hier in Waldzell zu spüren, so daß ich veranlaßt war, meine geringen Kenntnisse über die Materie durch Lektüre etwas aufzufrischen. Vor allem las ich in letzter Zeit wieder des öftern in jener »Niederschrift von der smaragdenen Felswand«, dem chinesischen Bi-Yän-Lu.

Meine Liebe zum chinesischen Wesen kennst du längst. Sie hat zunächst mit Buddhismus und mit Zen nichts zu tun, sie galt und gilt dem alten, herrlichen China der Klassiker, das von Buddha noch nicht wußte. Das alte Liederbuch, das I Ging, die Schriften von und über Kung Fu Dsi und Lao Dsi bis Dschuang Dsi gehören ebenso wie Homer, Plato und Aristoteles zu meinen Erziehern, sie haben mich und haben meine Vorstellung vom guten, weisen, vollkommenen Menschen formen helfen. Wort und Begriff Tao war und ist mir teurer als Nirwana, und so geht es mir auch mit der chinesischen Malerei: die traditionelle, gepflegte, zur Kalligraphie neigende ist mir lieber als die heftigere, ungestümere, genialischer anmutende Kunst vieler Zen-Maler. Merkwürdig und ein klein wenig störend war mir manchmal auch, als einem Morgenlandfahrer und Gläubigen des Spruches »Ex Oriente Lux«, die Vorstellung, daß China seinen höchsten geistigen Besitz aus dem Westen, aus dem Abendland Indien, sollte empfangen haben. Nun, das sind kleine geschmäcklerische Launen, nicht ernster zu nehmen als jene flüchtigen Wünsche nach einem Stillstand der Historie, die man sich träumerischerweise gelegentlich erlaubt, etwa den Wunsch, es möchte auf die Ghirlandaio, Piero della Francesca und Lippi kein Michelangelo, auf Beethoven kein Wagner gefolgt, oder es möchte die Religion des Abendlandes im Zustand des Urchristentums verblieben sein.

Nun, auch China hat nicht bei den alten Kaisern, bei Kung Fu oder Lau Dan haltgemacht, es hat offenbar einige Jahrhunderte nach seiner ersten schönen Hochblüte wieder eines Lichtes bedurft. Und das Licht kam, es möge uns passen oder nicht, nicht von Morgen, sondern mit dem Patriarchen »fern von Westen her«, es kam die Buddhalehre von Indien herüber, und hat zunächst ihre Jünger mit indischer Dogmatik, indischer Spekulation und indischer Scholastik völlig bezaubert und bezwungen. Dic ganze riesige Literatur der buddhistischen Schulen wurde übersetzt und kommentiert, in den Klöstern wuchsen gewaltige Bibliotheken an, das Licht aus Westen überstrahlte alle die alten einheimischen Sterne. So war oder schien es eine gute Weile, der Chinese war Asket und fromm geworden, der Drache war gezähmt. Aber eines Tages war, was er da an Fremdem und Betäubendem geschluckt hatte, verarbeitet, der Drache reckte sich und erwachte, und es begann das alte grimmige Spiel zwischen Sieger und Besiegtem, zwischen Vater und Sohn, zwischen dozierendem und spekulierendem Westen und gelassen flutendem Osten. Das Buddhawesen bekam ein neues, ein chinesisches Gesicht. So etwa sehe ich, durchaus als Laie, die Vorgeschichte des Zen.

Es wird dir aber, denke ich, mehr damit gedient sein, wenn ich dir ein paar ganz persönliche Eindrücke mitteile, die mir nach einigem Studieren der »Niederschrift« des Bi-Yän-Lu mit besonderer Zähigkeit im Gedächtnis hängengeblieben sind. Ob ich dir empfehlen soll, dich selbst auf die Lektüre einzulassen, weiß ich nicht. Das Buch steckt voll von Entzückendem und auch Erschütterndem, aber die Kerne stecken in sehr dicken und harten Schalen, und für einen wie du, der schon sehr genau seine Ziele vor sich sieht, ist wohl das Leben schon zu kurz, als daß er Tage und Wochen an das Entziffern solcher Hieroglyphen wenden möchte. Bei mir steht es anders, ich bin noch nicht so exakt auf bestimmte Aufgaben konzentriert und schweife nach Repetentenart mit Appetit und gutem Gewissen in den unendlichen Weidegründen der Geschichte des Menschengeistes umher.

Wie du weißt, besteht der Kern der berühmten »Niederschrift« in kurzen Anekdoten (im Buch heißen sie »Beispiele«), die teils Aussprüche, teils erzieherische Handlungen und Praktiken bekannter Zen-Meister der Vorzeit berichten. Die Aussprüche nun sind für unsereinen – und waren es schon für die Chinesen des elften Jahrhunderts – fast alle unverständlich, ihr Sinn ist nur mit Hilfe eingehender Kommentare mehr oder weniger erschließbar. Ich setze dir zwei beliebige Beispiele her:

Tsiu-yän, zum Beschluß der sommerlichen Übungszeit, unterwies seine Hörer mit folgenden Worten:

Den ganzen Sommer über habe ich euch Brüdern zuliebe geredet und geredet. Seht her, ob Tsui-yän noch seine Augenbrauen hat!

Bau-fu sagte: Bei Leuten, die das Diebsgewerbe treiben, ist im Herzen alles hohl.

Tschang-tjing sagte: Gewachsen sind sie!

Yün-men sagte: Sperre!

oder dies:

Ein Mönch fragte Hsiang-lin: Was ist der Sinn davon, daß fern vom Westen her der Patriarch gekommen ist? Hsianglin erwiderte: Vom langen Sitzen müde.

Du siehst, das ist eine Art von Hexen-Einmaleins. Man ahnt dahinter Anspielungen, Bedeutungen, ja Beschwörungen, es scheinen magische Formeln zu sein, sind es aber nicht, sondern Hinweise auf genaue Ziele, nur muß man den Schlüssel dazu haben, und ihn zu finden, genügen uns nicht einmal die Umschreibungen und Erklärungen der »Niederschrift«, wir brauchen dazu noch einen sinologisch und buddhologisch geschulten Führer.

Und doch sind auch einige wenige dieser überlieferten Meisterworte einfach und gehen einem ohne weiteres ein. Eines von ihnen, es ist gleich das erste im Buch, hat mich wie eine Offenbarung getroffen; ich glaube nicht, daß ich es je vergessen werde. Ein Kaiser trifft mit dem Urpatriarchen Bodhidharma zusammen. Mit der Wichtigtuerei und

Ahnungslosigkeit des Laien und Weltmanns fragt er ihn: »Welches ist der höchste Sinn der heiligen Wahrheit?« Der Patriarch antwortet: »Offene Weite – nichts von heilig.« Die nüchterne Größe dieser Antwort, Carlo, wehte mich an wie ein Hauch aus dem Weltraum, ich empfand ein Entzükken und zugleich Erschrecken wie in jenen seltenen Augenblicken der unmittelbaren Erkenntnis oder Erfahrung, die ich »Erwachen« nenne und über die wir einst, in einer sehr ernsten Stunde, gesprochen haben. Das Erreichen dieses Erwachens, das nicht ergrübelte, sondern an Seele und Leib als Wirklichkeit erlebte Einswerden mit dem Ganzen, das Innewerden der Einheit ist ja das Ziel, nach dem alle Jünger des Zen streben.

Es gibt nun zu diesem Ziel so viele Wege, als es Menschen gibt, und so viele Führer, als es Zen-Meister gibt. Von den Schülern wie von den Meistern kann man sagen: es sind alle Typen und Spielarten des chinesischen Menschentums unter ihnen zu finden. Die Schülertypen werden in den Anekdoten meistens nicht so genau sichtbar wie die Charaktere der Meister, doch gelingt der große Wurf, so scheint mir, ähnlich wie in unsern Märchen eher den Unscheinbaren und Einfältigen als den Glänzenden und Wendigen. Unter den Meistern aber gibt es die Strengen wie die Sanften, die Wortmächtigen wie die Schweiger, die Bescheidenen wie die Würdebewußten, es gibt auch Zornige, Kämpferische, ja Gewalttätige. Einen Spruch von der Großartigkeit jener »Offenen Weite« habe ich bisher nicht mehr entdeckt, dafür aber eine Anzahl von Erweckungen ohne Worte, Erweckungen durch eine Maulschelle, durch einen Stockhieb, durch einen Streich mit dem Yakschweif, durch das Anzünden und sofortige Wiederausblasen einer Kerze. Und dann gab es einen Meister, einen von den Schweigern, der auf die Fragen seiner Jünger nicht mit dem Munde Antwort gab, sondern mit dem Zeigefinger, den er mit so sprechender Gebärde zu heben wußte, daß die dafür empfänglichen und reifen Schüler im Anblick des Fingers das Unaussprechliche erlebten. Es gibt da Geschichten, die beim ersten Lesen gar nichts hergeben wollen; sie klingen wie Geschwätz oder Gezänk in der Sprache irgendeiner völlig fremden Menschen- oder Tierart – und bei einem späteren Wiederbetrachten tun sie auf einmal Türen und Fenster zu allen Himmeln auf.

Da ich dir schon von meiner Art des »Erwachens« gesprochen habe, lang ehe wir beide etwas von Zen gehört hatten, muß ich noch etwas erwähnen, was mir an den Erwachten des chinesischen Buddhismus auffällt und zu knacken gibt. Das Erlebnis selbst kenne ich ja, das Vom-Blitz-des-Innewerdens-getroffen-Sein, es ist mir einige Male widerfahren. Es war ja auch bei uns im Abendland nichts Unbekanntes, alle Mystiker und unzählige ihrer großen und kleinen Schüler haben es erfahren, ich erinnere dich etwa an die erste Erleuchtung Jakob Böhmes. Aber bei diesen Chinesen scheint das Wachgewordensein lebenslang fortzudauern, zumindest bei den Meistern; sie scheinen den Blitz zur Sonne gemacht, den Augenblick festgenagelt zu haben. Da hat mein Verstehen eine Lücke: vorstellbar ist mir ein ewiges Erleuchtetbleiben, eine zur dauernden Daseinsform gewordene Ekstase nicht. Vermutlich bringe ich doch zuviel abendländische Haltung mit in die östliche Welt. Vorstellen kann ich mir nur, daß der einmal Erweckte einem zweiten, dritten, zehnten Erwecktwerden erreichbarer ist als andere Menschen, daß er zwar natürlicherweise immer wieder in Schlaf und Unbewußtsein zurücksinkt, nie aber so tief, daß nicht ein nächster Lichtblitz ihn wecken könnte.

Zum guten Schluß will ich dir noch eine merkwürdige

und lehrreiche Geschichte aus dem Bi-Yän-Lu erzählen. Da war im zehnten Jahrhundert ein Meister namens Yün-men; es werden von ihm viele und erstaunliche Dinge berichtet. Sein Sitz war der »Wolkentorberg«, im Süden von China, in der Provinz Kwangtung. Zu ihm kam einmal von weit her ein Suchender gepilgert, ein einfaches Männlein mit Namen Yüan. Er war schon lange unterwegs, hatte halb China durchpilgert und da und dort in Klöstern angeklopft, bis er hier am Wolkentorberg landete. Er wurde aufgenommen, und Yün-men stellte ihn als Famulus in seinen persönlichen Dienst. Offenbar spürte der große Menschenkenner in dem schlichten, jungen Pilger wertvolle Kräfte verborgen, von denen dieser selbst nichts wußte; denn er hat mit ihm, der nicht rasch im Verstehen war, unendlich lange Geduld gehabt. Ich höre dich fragen: »Wie lange denn?« Ich antworte: »Achtzehn Jahre.« Tag für Tag rief er ihn ein oder mehrere Male an: »Aufwärter Yüan!« Jedesmal antwortete Yuan ergeben und gehorsam: »Ja.« Und jedesmal stellte der Meister ihn zur Rede: »Ja, sagst du. Aber was meinst du damit?« Betroffen und verlegen suchte der Aufwärter sich immer und immer wieder zu erklären und herauszureden, denn mit der Zeit merkte er instinktiv doch, daß mit dem Anruf und mit der barschen Kritik an seiner Antwort etwas gemeint sei. Er strengte sich, um sein »Ja« zu rechtfertigen, oft mächtig an; vermutlich grübelte er schon die halben Tage daran herum, was er morgen dem Meister antworten solle. Die Frage des Gewaltigen, was er mit seinem »Ja« meine, war eine Nuß, an der Yüan die Tage und Wochen und schließlich ganze achtzehn Jahre zu knacken hatte. Dann kam wieder ein Tag, scheinbar einer wie alle anderen, wieder hörte der Famulus sich vom Meister beim Namen rufen – aber diesmal hatte das »Yüan« einen ganz anderen Klang. Es war sein

Name, es war er, er selbst, er allein, der da angeredet, gestellt, befohlen, erwählt, berufen wurde! Wie aus Himmelsweiten der Blitz, wie aus Weltenweiten der Donner klang es ihm: »Yüan!« Und siehe, der Bann war gebrochen, der Schleier gefallen, Yüan war hörend und sehend geworden, er erblickte die Welt in ihrer wahren Gestalt und sich inmitten, und das große Licht ging ihm auf. Diesmal rief er nicht »Ja« zurück. Leise stammelte er: »Ich habe begriffen.«

Es ist eine wunderschöne Geschichte. Sie ist aber noch nicht zu Ende. Der Aufwärter Yüan war nicht nur zur Erleuchtung berufen, wenn er auch lange genug auf sie hatte warten müssen. Es war noch mehr mit ihm gemeint, das scheint er gespürt zu haben, und noch gewisser spürte es Meister Yün-men, denn er behielt ihn noch drei Jahre in seiner nächsten Nähe und hatte ein besonderes Auge auf ihn. Dann wurde der gewesene Aufwärter, reif zur Meisterschaft, entlassen, durchpilgerte auf dem Rückweg in seine Heimat abermals das halbe Reich, übernahm die Leitung eines Klosters und wirkte dort unter dem Namen Hsiang-lin vierzig Jahre lang. Manche erklärten ihn für den größten unter Yün-mens Schülern. Achtzig oder mehr Jahre alt, als er sein Ende nahe fühlte, begab er sich zum Fürsten Sung, dem Präfekten des Bezirks, der sein Verehrer und ein Gönner des Klosters war, um ihm zu danken und Abschied von ihm zu nehmen, denn, sagte er, er habe sich entschlossen, wieder auf Pilgerschaft zu gehen. Darüber spöttelte einer von den Beamten des Fürsten und meinte, der Herr Abt sei wohl altersblöde geworden; wie sollte er denn, uralt und hinfällig, noch auf Wanderung gehen können? Der Fürst aber nahm den Meister in Schutz, enthielt sich eines Urteils, nahm höflich Abschied von ihm und begleitete ihn persönlich hinaus. Der Alte kehrte ins Kloster zurück, ließ alle seine Mönche zusammenrufen, setzte sich nieder und sagte zur schweigenden Versammlung: »Der alte Mönch hier – vierzig Jahre nun schlägt er zu Einem Blatt zusammen.« Und damit ging er schmerzlos und friedlich in die Verwandlung ein.

Addio, Carlo. Dein J.K.

»Der Glaube ist mächtiger als der Zweifel«

Gedanken aus Hesses Schriften und Briefen

»Der Inder sagt Atman,
der Chinese sagt Tao,
der Christ sagt Gnade.«

Ich habe zeitlebens die Religion gesucht, die mir zukäme, denn obwohl ich in einem Hause von echter Frömmigkeit aufgewachsen bin, konnte ich doch den Gott und den Glauben, der mir dort angeboten wurde, nicht annehmen. Das geht bei manchen Jungen leichter oder schwerer, je nach dem Grad von Persönlichkeit, zu dem sie fähig und bestimmt sind. Mein Weg war es, zuerst ganz individuell suchen zu müssen, das heißt vor allem mich selber suchen und mich, soweit mir das gegeben war, zur Persönlichkeit bilden zu müssen ... Später habe ich manche Jahre die indischen Gottesvorstellungen besonders geliebt, dann allmählich die Klassiker der Chinesen kennengelernt, und ich war schon lange nicht mehr jung, als ich allmählich begann, mich wieder mit dem Glauben vertrauter zu machen, in dem man mich erzogen hatte. Dabei hat das klassische katholische Christentum eine Rolle gespielt, aber ich fand mich getrieben, auch die protestantischen Formen des Christentums neu kennenzulernen, und manches Gute und Fördernde ist mir dann auch aus der jüdischen Literatur zugekommen, namentlich aus den chassidischen Büchern und aus neuen jüdischen Werken wie etwa Bubers »Königtum Gottes«. Irgendeiner Gemeinschaft, Kirche oder Sekte gehörte ich nie an, halte mich aber heute nahezu für einen Christen.

Von mir aus gesehen, würde mein Weg etwa so lauten: In der frühen Jugend gelang es mir nicht, aus Trotz gegen Elterliches, innerhalb der religiös-geistigen Welt, in der ich aufwuchs, mich zu entwickeln, d. h. auf meine Art und ohne Verlust meiner Persönlichkeit ein Christ zu werden. Dagegen war es leicht, ein Dichter zu werden, und so blieb mir die Poesie lange Jahre hindurch ein Paradies, in das ich die Konflikte meines persönlich-geistigen Lebens nie ganz hereinließ. Schon sehr früh wandte ich mich indischen Studien zu, auch indischen Lebensmethoden, und fand innerhalb indischer und chinesischer Bildersprache meine Religion, d. h. die, die mir in Europa zu fehlen schien. Daß sie im »Siddhartha« noch indisch gekleidet geht, heißt nicht, daß das Indische daran mir noch wichtig sei, aber erst, als eben dies Indische anfing, mir nicht mehr wichtig zu sein, wurde es für mich darstellbar, wie ich denn immer das darstellbar finde, was im Leben gerade von mir Abschied nimmt und weggeht.

Die Quellen, aus denen ich Wissen geschöpft habe, sind alle jener Epoche angehörig, in der die Menschheit, wie ich glaube, des Denkens am fähigsten war, sagen wir etwa dem 9. bis 4. Jahrhundert vor Christus, und ich habe nichts dagegen, wenn man da auch noch das Neue Testament mitrechnet, wenigstens soweit es Bericht vom Leben und den Reden Jesu ist. Was später philosophiert wurde, wiegt für mich nicht sehr schwer, wenn auch natürlich die alten Erkenntnisse der paradiesischen Denkzeit immer wieder auftauchen, wie sie ja auch in meinen Schriften wieder für einen Augenblick neu gesehen und formuliert werden. Die Upanishaden, Buddha, die Bhagavad Gita, das Alte Testament, die Chinesen vom I Ging bis Tschuang Tse, dazu die griechischen Denker bis und mit Sokrates, das etwa ist die Welt, die ich meine. Man hat es später in vielen Dingen weiter gebracht, nicht nur im Kriegführen, auch im Musizieren, Malen etc., aber im Denken nicht.

Mir ist das humanistische Ideal nicht ehrwürdiger als das religiöse, und auch innerhalb der Religionen würde ich nicht einer vor der andern den Vorzug geben. Eben darum könnte ich keiner Kirche angehören, weil dort die Höhe und Freiheit des Geistes fehlt, weil jede sich für die beste, die einzige, und jeden ihr nicht Zugehörenden für verirrt hält.

Ihre Frage, »ob man nicht eine Weltreligion schaffen könnte«, muß ich mit Nein beantworten. Schon die echten, organisch entstandenen Religionen vermögen ihre Angehörigen nicht vor Dummheit und Roheit zu retten, mit Ausnahme einer kleinen Zahl, einer Elite von wahrhaft Gläubigen. Und von den synthetischen, künstlichen Religionen, wie Sie eine zu erhoffen scheinen, ist noch viel weniger zu erwarten. Es ist damit wie mit den Sprachen. Immer wieder kommt ein kluger Kopf auf die Idee: es sei ja nur die Verschiedenheit der Sprachen, was die Völker trenne, und man brauche nur eine allgemeine Weltsprache zu erfinden, dann werden alle einander verstehen etc, etc. Es sind ja auch schon mehrere solche synthetischen Sprachen entstanden, die ihren Anhängern viel Freude machen – aber die Völker machen keinen Gebrauch davon, sie haben andres zu tun und sind viel zu bequem, als daß sie sich mit Lernen plagen möchten, und überdies hat jeder seine eigene, ererbte Sprache viel zu lieb, als daß er ihr eine andre, künstliche vorziehen könnte. Kurz: die Menschheit verbessern zu wollen, bleibt immer hoffnungslos. Darum habe ich meinen Glauben stets auf den Einzelnen gebaut, denn der Einzelne ist erziehbar und verbesserungsfähig, und nach meinem Glauben war und ist es stets die kleine Elite von gutgewillten, opferfähigen und tapferen Menschen gewesen, die das Gute und Schöne in der Welt bewahrt hat.

Ich vermeide es, Angehörige einer Kirche und Religionsgemeinschaft in ihrem Glauben irrezumachen. Für die Mehrzahl der Menschen ist es sehr gut, einer Kirche und einem Glauben anzugehören. Wer sich davon löst, der geht zunächst einer Einsamkeit entgegen, aus der sich mancher bald wieder in die frühere Gemeinschaft zurücksehnt. Er wird erst am Ende seines Weges entdecken, daß er in eine neue große, aber unsichtbare Gemeinschaft eingetreten ist, die alle Völker und Religionen umfaßt. Er wird ärmer um alles Dogmatische und alles Nationale und wird reicher durch die Brüderschaft mit Geistern aller Zeiten und aller Nationen und Sprachen.

Mir war nie daran gelegen, eines andern Menschen Glauben zu stören, wenn es wirklich ein echter Glaube ist. Ich will nicht belehren und ein Besserwisser sein, sondern nur Unruhe wecken, eingeschlafene Gewissen und Intellekte wecken und aktivieren. Ich müßte aber eigentlich sagen: Ich *wollte* dies, nicht ich *will* es, denn jetzt im hohen Alter denke ich über den Einfluß, den auch die bestgemeinten Worte haben können, sehr skeptisch.

Es bleibt jener übergroße Teil der Menschheit, der lieber gehorcht als selber entscheidet, der schwachen Geistes, aber doch guten Willens ist, und die Denk- und Gewissenskämpfe gar nicht kennt. Diesen Teil der Menschheit in Ordnung zu halten, am Versumpfen oder Entarten zu hindern, ihm für Leben und Sterben einen Trost zu spenden und überdies manches schöne Fest, dazu sind Kirchen wie die von Rom gut. Sie haben Millionen geholfen, das Leben zu bestehen und schöner zu machen, und haben uns andere überdies mit den herrlichsten Architekturen, Mosaiken, Fresken und Skulpturen beschenkt.

In meiner Kindheit hatte man mir erzählt, der Vorzug des Christentums bestehe hauptsächlich darin, daß es keine Götter und Götzenbilder kenne, ... doch sehe ich, je älter und klüger ich werde, gerade darin den großen Nachteil dieser Religion, daß sie, außer der wunderbaren katholischen Maria, so gar keine Götter und Götterbilder hat. Ich gäbe viel dafür, wenn zum Beispiel die Apostel, statt etwas langweilige und zu fürchtende Prediger, Götter mit allerlei herrlichen Kräften und Naturzeichen wären, und sehe nur einen schwachen, immerhin willkommenen Ersatz dafür in den Tieren der Evangelisten.

Für Ihren Standpunkt ist das Magische in der Religion etwas Überwundenes und Dummes, so etwa wie für den reinen Buddhisten die Götter und Mythologien Torheit sind. Aber ich habe es an mir erlebt, daß man von der reinsten Philosophie und Moral gern und mit guten Ergebnissen zu den Göttern und Götzen zurückkehren kann. Die stille, bildlose, götterlose Weisheit Buddhas bedarf des Gegenpols, und die wilde, wütende Größe Shivas und das Kinderlächeln Vishnus sind nicht minder gute Schlüssel zum Geheimnis der Welt als die moralisch-kausale Erkenntnis Buddhas.

Und natürlich glaube ich auch nicht, daß wirklich die Orthodoxie die Mutter des Blutdursts und der Scheiterhaufen sei. Sondern das Tier und der Dämon im Menschen kehrt immer wieder zum Töten und Quälen zurück und findet dann natürlich auch immer irgendeine »orthodoxe« Ideologie dazu, so wie Hitler und Stalin mit entgegengesetzten Orthodoxien denselben Mächten dienen.

Wäre die Menschheit ein Individuum, so wäre sie durch das »reine« Christentum zu heilen, Tier und Dämon müßten zu bannen sein. Aber es ist nicht so. Die »reinen« Religionen sind für eine kleine Schicht Hochstehender, während die Völker der Magien und Mythologien bedürfen. An einen Prozeß der Entwicklung von unten nach oben glaube ich nicht. Immer wieder steigen aus dem trüben Ganzen der Menschheit die einzelnen Reinen und Heilande auf und werden von den Vielen erst dann verehrt, wenn man sie gekreuzigt und zu Göttern gemacht hat.

Was heute Sekte war,
ist morgen orthodox.

Was ich da und dort über das Christentum gesagt habe, macht nicht den Anspruch auf absolute objektive Richtigkeit, diese existiert nur innerhalb der Orthodoxie, und dort bin ich nie gestanden … Ich habe vor jeder Religion Ehrfurcht, nicht aber vor dem Anspruch der Orthodoxen auf Alleingültigkeit.

Der Glaube, den ich meine, ist nicht leicht in Worte zu bringen. Man könnte ihn etwa so ausdrücken: Ich glaube, daß trotz des offensichtlichen Unsinns das Leben dennoch einen Sinn hat, ich ergebe mich darein, diesen letzten Sinn mit dem Verstand nicht erfassen zu können, bin aber bereit, ihm zu dienen, auch wenn ich mich dabei opfern muß. Die Stimme dieses Sinnes höre ich in mir selbst, in den Augenblicken, wo ich wirklich und ganz lebendig und wach bin.

Was in diesen Augenblicken das Leben von mir verlangt, will ich versuchen zu verwirklichen, auch wenn es gegen die üblichen Moden und Gesetze geht.

Diesen Glauben kann man nicht befehlen und sich nicht zu ihm zwingen. Man kann ihn nur erleben. So wie der Christ die »Gnade« nicht verdienen, erzwingen oder erlisten, sondern nur gläubig erleben kann. Wer es nicht kann, der sucht seinen Glauben dann bei der Kirche, oder bei der Wissenschaft, oder bei den Patrioten oder Sozialisten, oder irgendwo, wo er fertige Moralen, Programme und Rezepte gibt.

Ob ein Mensch fähig und bestimmt ist, den schweren und schöneren Weg zu gehen, der zu einem eigenen Leben und Sinn führt, das kann ich nicht beurteilen, auch nicht wenn ich ihn mit Augen sehe. Der Ruf ergeht an Tausende, viele gehen den Weg ein Stück weit, wenige gehen ihn bis über die Grenze der Jugend hinaus, und vielleicht gar niemand geht ihn völlig zu Ende.

Gnade kommt und geht, manchmal hat man sie und lebt in ihr, manchmal ist sie wieder fern und wie nie gewesen, aber man weiß doch von ihr. Ich glaube, mit der Gnade ist es nicht so, wie manche Theologen gelehrt haben, etwa Calvin: daß sie allein eine Sache Gottes und vom Menschen ganz und gar nicht erlangbar ist. Wenn man das Bildnis Calvins ansieht, glaubt man nicht, daß er viel über das Geheimnis der Gnade wissen konnte. Ich glaube, die Gnade, oder das Tao oder wie man es nennen will, umgibt uns immerzu, sie ist das Licht und ist Gott selbst, und wo wir einen Augenblick offenstehen, geht sie in uns ein, in jedes Kind wie in jeden Weisen. Ich halte viel vom Heiligsein, aber ich bin kein Heiliger, ich bin von einer ganz andern Art, und was ich an Wissen um das Geheimnis habe, ist mir nicht offenbart worden, sondern gelernt und zusammengesucht, es ging bei mir den Weg über das Lesen und Denken und Suchen, und das ist nicht der göttlichste und unmittelbarste Weg, aber ein Weg ist es auch. Einmal bei Buddha, einmal in der Bibel, einmal bei Lao Tse oder Dschuang Dsi, einmal auch bei Goethe oder andern Dichtern spürte ich mich vom Geheimnis berührt, und mit der Zeit merkte ich, daß es stets dasselbe Geheimnis war, stets aus derselben Quelle kam, über alle Sprachen, Zeiten und Denkformen hinweg.

Die Reue allein hilft nichts, man kann die Gnade nicht durch Reue erkaufen, man kann sie überhaupt nicht erkaufen.

Sie sollten sich nichts rauben lassen, was Ihren Glauben und Halt im Leben und Denken stärken kann. Bleiben Sie dabei! Jeder, der an einen Sinn im Leben und an die hohe Bestimmung des Menschen glaubt, ist im heutigen Chaos wertvoll, einerlei zu welcher Konfession er gehört und an welche Zeichen er glaubt.

Bei jedem meiner Söhne würde nichts mich mehr freuen, als wenn er irgendeiner »Gesinnung«, irgendeinem von ihm erfaßten Ideal so treu und charaktervoll anhängen würde, daß er dafür auch seinen Vorteil, seine Bequemlichkeit und im Notfall sein Leben opfern würde. Es wäre mir dann zwar nicht ganz und gar einerlei, *welcher* Gesinnung oder Partei er sich anschlösse, aber im Grunde würde ich das gar nicht so wichtig nehmen. Einer, der sich für die naivsten Ideale der Welt hinzugeben bereit ist, ist mir viel lieber als jemand, der über alle Gesinnungen und Ideale klug zu reden versteht, aber für keines auch nur zum kleinsten Verzicht fähig wäre.

Ich … halte es nicht für das Wichtigste, welchen Glauben ein Mensch habe, sondern, daß er überhaupt einen habe, daß er die Leidenschaft des Geistes kenne, daß er bereit sei, seinen Glauben, sein Gewissen zu verteidigen gegen die ganze Welt, gegen jede Majorität und Autorität.

Ich halte die Frömmigkeit oder Pietät für die beste Tugend, die wir haben können, mehr wert als alle Talente, und ich verstehe unter Frömmigkeit nicht das Pflegen von feierlichen Gefühlen in einer einzelnen Seele, sondern vor allem die Pietät, die Achtung des Einzelnen vor dem Ganzen der Welt, vor der Natur, vor den Mitmenschen, das Gefühl des Einbezogenseins und Mitverantwortlichseins.

Sie spüren in mir etwas wie einen Glauben, etwas, was mich hält, eine Erbschaft von Christentum teils, teils Humanität, die nicht bloß anerzogen und nicht bloß intellektuell fundiert ist. Damit hat es seine Richtigkeit, nur könnte ich meinen Glauben nicht formulieren, je länger, je weniger. Ich glaube an den Menschen als an eine wunderbare Möglichkeit, die auch im größten Dreck nicht erlischt und ihm aus der größten Entartung zurückzuhelfen vermag, und ich glaube, diese Möglichkeit ist so stark und so verlockend, daß sie immer wieder als Hoffnung und als Forderung spürbar wird, und die Kraft, die den Menschen von seinen höhern Möglichkeiten träumen läßt und ihn immer wieder vom Tierischen wegführt, ist wohl immer dieselbe, einerlei ob sie heut Religion, morgen Vernunft und übermorgen wieder anders genannt wird. Das Schwingen, das Hin und Her zwischen dem realen Menschen und dem möglichen, dem erträumbaren Menschen ist dasselbe, was die Religionen als Beziehung zwischen Mensch und Gott auffassen.

Dieser Glaube an die Menschen, das heißt daran, daß der Sinn für Wahrheit, das Bedürfnis nach Ordnung dem Menschen innewohnt und nicht umzubringen ist, hält mich über Wasser. Ich sehe im übrigen die heutige Welt wie ein Irrenhaus und ein schlechtes Sensationsstück an, oft bis zum tiefsten Ekel degoutiert, aber doch so wie man Irre und Besoffene ansieht, mit dem Gefühl: wie werden die sich schämen, wenn sie eines Tages wieder zu sich kommen sollten.

Ich bin des Glaubens, daß unsre Arbeit und Sorge um das, was uns das Gute und Rechte schien, nicht vergebens war. Aber in welchen Formen das Ganze uns Teile belebt und immer wieder festhält, darüber kann ich wohl zuweilen phantasieren, aber nicht eine dogmatisch festgelegte Meinung annehmen. Glauben ist Vertrauen, nicht Wissenwollen.

Die Welt ist nicht unvollkommen, oder auf einem langsamen Wege zur Vollkommenheit begriffen: nein, sie ist in jedem Augenblick vollkommen, alle Sünde trägt schon die Gnade in sich, alle kleinen Kinder haben schon den Greis in sich, alle Säuglinge den Tod, alle Sterbenden das ewige Leben. Es ist keinem Menschen möglich, vom anderen zu sehen, wie weit er auf seinem Wege sei, im Räuber und Würfelspieler wartet Buddha, im Brahmanen wartet der Räuber. Es gibt in der tiefen Meditation die Möglichkeit, die Zeit aufzuheben, alles gewesene, seiende und sein werdende Leben als gleichzeitig zu sehen, und da ist alles gut, alles vollkommen, alles ist Brahman. Darum scheint mir das, was ist, gut, es scheint mir Tod wie Leben, Sünde wie Heiligkeit, Klugheit wie Torheit, alles muß so sein, alles bedarf nur meiner Zustimmung, nur meiner Willigkeit, meines liebenden Einverständnisses, so ist es für mich gut, kann mir nie schaden. Ich habe an meinem Leibe und an meiner Seele erfahren, daß ich der Sünde sehr bedurfte, ich bedurfte der Wollust, des Strebens nach Gütern, der Eitelkeit und bedurfte der schmählichsten Verzweiflung, um das Widerstreben aufgeben zu lernen, um die Welt lieben zu lernen, um sie nicht mehr mit irgendeiner von mir gewünschten, von mir eingebildeten Welt zu vergleichen, einer von mir ausgedachten Art der Vollkommenheit, sondern sie zu lassen, wie sie ist, und sie zu lieben, und ihr gerne anzugehören.

Indisch aufgefaßt, das heißt im Sinn der Upanishaden und der ganzen vorbuddhistischen Philosophie, ist mein Nächster nicht nur »ein Mensch wie ich«, sondern er ist Ich, er ist mit mir Eins, denn die Trennung zwischen ihm und mir, zwischen Ich und Du, ist Täuschung, Maya. Mit dieser Deutung ist auch der ethische Sinn der Nächstenliebe völlig ausgeschöpft. Denn wer erst eingesehen hat, daß die Welt eine Einheit ist, dem ist ohne weiteres klar, daß es sinnlos ist, wenn die einzelnen Teile und Glieder dieses Ganzen einander wehtun.

Wir ziehen die Grenzen unserer Persönlichkeit immer viel zu eng! Wir rechnen zu unserer Person immer bloß das, was wir als individuell unterschieden, als abweichend erkennen. Wir bestehen aber aus dem ganzen Bestand der Welt, jeder von uns, und ebenso wie unser Körper die Stammtafeln der Entwicklung bis zum Fisch und noch viel weiter zurück in sich trägt, so haben wir in der Seele alles, was je in Menschenseelen gelebt hat. Alle Götter und Teufel, die je gewesen sind, sei es bei Griechen und Chinesen oder bei Zulukaffern, alle sind mit in uns, sind da, als Möglichkeiten, als Wünsche, als Auswege. Wenn die Menschheit ausstürbe bis auf ein einziges halbwegs begabtes Kind, das keinerlei Unterricht genossen hat, so würde dieses Kind den ganzen Gang der Dinge wiederfinden, es würde Götter, Dämonen, Paradiese, Gebote und Verbote, Alte und Neue Testamente, alles würde es wieder produzieren können.

Sie sprechen vom »Ich«, als sei es eine bekannte, objektive Größe, die es eben nicht ist. In jedem von uns sind zwei Ich, und wer immer wüßte, wo das eine beginnt und das andre aufhört, wäre restlos weise.

Unser subjektives, empirisches, individuelles Ich, wenn wir es ein wenig beobachten, zeigt sich als sehr wechselnd, launisch, sehr abhängig von außen, Einflüssen sehr ausgesetzt. Es kann also nicht eine Größe sein, mit der fest gerechnet werden kann, noch viel weniger kann es Maßstab und Stimme für uns sein. Dies »Ich« belehrt uns über gar nichts, als daß wir, wie die Bibel oft genug sagt, ein recht schwaches, trotziges und verzagtes Geschlecht sind.

Dann ist aber das andre Ich da, im ersten Ich verborgen, mit ihm vermischt, keineswegs aber mit ihm zu verwechseln. Dies zweite, hohe, heilige Ich (der Atman der Inder, den Sie dem Brahma gleichstellen) ist nicht persönlich, sondern ist unser Anteil an Gott, am Leben, am Ganzen, am Un- und Überpersönlichen. Diesem Ich nachzugehen und zu folgen, lohnt sich schon eher. Nur ist es schwer, dies ewige Ich ist still und geduldig, während das andre Ich so vorlaut und ungeduldig ist.

Die Religionen sind zum Teil Erkenntnisse über Gott und Ich, zum Teil seelische Praktiken, Übungssysteme zum Unabhängigwerden vom launischen Privat-Ich und dem Näherkommen an das Göttliche in uns.

Ich glaube, eine Religion ist ungefähr so gut wie die andre. Es gibt keine, in der man nicht ein Weiser werden könnte, und keine, die man nicht auch als dümmsten Götzendienst betreiben könnte. Aber es hat sich in den Religionen fast alles wirkliche Wissen angesammelt, zumal in den Mythologien. Jede Mythologie ist »falsch«, wenn wir sie anders als fromm ansehn; aber jede ist ein Schlüssel zum Herzen der

Welt. Jede weiß von den Wegen, aus dem Götzendienst am Ich einen Gottesdienst zu machen.

Das vollkommene Sein ist Gott. Alles andere, was ist, ist nur halb, ist teilweise, es ist werdend, ist gemischt, besteht aus Möglichkeiten. Gott aber ist nicht gemischt, er ist eins, er hat keine Möglichkeiten, sondern ist ganz und gar Wirklichkeit. Wir aber sind vergänglich, wir sind werdend, wir sind Möglichkeiten, es gibt für uns keine Vollkommenheit, kein völliges Sein. Dort aber, wo wir von der Potenz zur Tat, von der Möglichkeit zur Verwirklichung schreiten, haben wir teil am wahren Sein, werden dem Vollkommenen und Göttlichen um einen Grad ähnlicher. Das heißt: sich verwirklichen.

Was gut ist, wissen wir, es steht in den Geboten. Aber Gott ist nicht nur in den Geboten, sie sind nur der kleinste Teil von ihm. Du kannst bei den Geboten stehen und kannst weit von Gott weg sein.

Ohne den Individuationsprozeß, das Werden der Persönlichkeit, ist kein höheres Leben. Und bei diesem Prozeß, wo es lediglich Treue gegen sich selber gilt, gibt es eigentlich nur einen großen Feind: die Konvention, die Trägheit, das Bürgertum. Lieber sich mit allen Teufeln und Dämonen schlagen, als den verlogenen Geist der Konvention annehmen! Dies ist ein jugendlicher und protestantischer Standpunkt, den ich indessen noch heute vertrete, sobald es sich um das Werden der Individualität handelt.

Daß mir die andre Seite unsrer Aufgabe und Bestimmung, die größere, göttliche, als Überwinden der Persönlichkeit und das Durchdrungenwerden von Gott, auch bekannt ist, haben Sie … gesehen. Ich selbst sehe dies … keineswegs als Widersprüche, sondern als Stücke desselben Weges.

Einer der kürzesten Wege zum Leben eines Heiligen kann das Leben des Wüstlings sein.

Ich selber habe von den indischen Denkern gelernt, zwischen Sein und Tun zu unterscheiden, und im »Verbrecher« den möglichen Heiligen zu sehen …

Aber mit der Auffassung, daß es nur auf das Wollen, nicht auf das Tun ankomme, sollte man vorsichtig sein. Sie ist gut und richtig für reife Menschen und Völker, nicht für unreife. Die Bagatellisierung der »guten Werke«, die alleinige Rechtfertigung »durch den Glauben«, war schon bei Luther ein gefährliches, ja freches Wagestück, und hat unsäglich Schlimmes anrichten helfen. Die Deutschen, und gar die von heute, sind wahrlich nicht ein Volk, dem man predigen darf, auf das Tun komme es nicht an, da sei alles entschuldbar, wenn nur der Wille gut sei. Der »Wille« wird bei den meisten der eines echten oder vorgegebenen Patriotismus sein, und im Namen des Vaterlandes etc. wäre man morgen wieder für die gleichen Verbrechen bereit, deren Folgen heute das Volk zu vernichten drohen.

Die Heiligen … sind die »Elite« der Kulturen und Weltgeschichte, und sie unterscheiden sich vom »gewöhnlichen«

Menschen dadurch, daß sie die Einordnung und Hingabe an Überpersönliches nicht auf Grund eines Mangels an Persönlichkeit und Eigenart leisten, sondern durch ein Plus an Individualität.

Ich bin Individualist und halte die christliche Ehrfurcht vor jeder Menschenseele für das Beste und Heiligste am Christentum. Es mag sein, daß ich damit einer schon halb abgestorbenen Welt angehöre, daß ein Kollektivmensch ohne Einzelseele im Entstehen begriffen, da und dort schon vorhanden ist, der mit der ganzen religiösen wie individualistischen Tradition der Menschheit aufräumt. Dies zu wünschen oder zu fürchten ist nicht meine Sache. Ich mußte den Göttern dienen, die ich als lebendig und hilfreich erfahren habe, und habe es auch da versucht, wo ich Feindseligkeit oder Gelächter zur Antwort bekommen mußte. Es war kein hübscher, kein bequemer Weg, den ich zwischen den Forderungen der Welt und denen der eigenen Seele gehen mußte, ich möchte ihn nicht nochmals gehen müssen, und er endet mit Trauer und mancher großen Enttäuschung. Aber ich bin damit einverstanden, daß ich seit dem ersten Erwecktwerden nicht, wie die Mehrzahl meiner Kollegen und Kritiker, alle paar Jahre einmal umzulernen und von einer Fahne zur andern hinüber zu wechseln fähig war.

Nach meiner Erfahrung ist der ärgste Feind und Verderber der Menschen der auf Denkfaulheit und Ruhebedürfnis beruhende Drang nach dem Kollektiv, nach Gemeinschaften mit absolut fester Dogmatik, sei diese nun religiös oder politisch. In verzweifelten Zeiten wie der heutigen sehen wir alte

Intellektuelle, ihrer Tätigkeit müde, sich bekehren und in eine Kirche fliehen, in eine katholische oder eine kommunistische, es gibt deren ja genug. Ich verarge es keinem, der es allein nicht mehr aushält. Aber ich habe mein Leben lang mich im Lesen und im Schreiben um den einzelnen Menschen bemüht, nicht um den kollektiven, und wenn dieses Mühen nicht überhaupt vergeblich war, so war sein Ertrag der von vielleicht einigen Dutzend Lesern, die wirklich mit mir gegangen und von mir geprägt, gestützt und aufrecht gehalten worden sind, Einzelgänger wie ich, wachen Gewissens, weitgehend gegen Phrase und Massenhypnose gefeit, bereit zur Hingabe an den Nächsten, aber mißtrauisch gegen die Programme, gegen die Bünde und Kollektive. Mehr habe ich im Leben nicht fertiggebracht, als diese paar wenigen Menschen, diese paar Schüler und Kameraden, in ihrem Kampf um ein würdiges, beherztes Menschendasein zu stützen.

Was heißt »Weltanschauung«? Sie scheinen damit etwas Festes, etwas wie einen dogmatisch formulierbaren Glauben zu meinen, so daß also ein Mensch lebenslang oder doch für jede einzelne Lebensepoche eine bestimmte »Weltanschauung« haben müßte. Aber so arme Teufel sind wir Dichter nicht und hoffentlich auch die meisten andern Menschen nicht. Sondern wie man »die Welt anschaut«, das kann mit jedem Tag, mit jeder Stunde wechseln, genau so wie die gleiche Landschaft oder Figur, die ein Maler zehnmal malt, jedesmal ein vollkommen neues und andres Bild ergibt.

Freilich kann hinter all den wechselnden Anschauungen auch ein Glaube stehen, etwa ein religiöser oder pseudoreligiöser, ein katholischer oder pietistischer, marxistischer oder sonst ein Glaube. Das ist bei mir nicht der Fall. Aber da ich in einer lebendigen Religion und Glaubensgemeinschaft aufgewachsen bin, ist mir das Bedürfnis nach etwas wie Religion auch nach meiner allmählichen Lösung von allen formulierten Religionen geblieben. Und da hat der indische Gedanke für mich die stärkste Attraktion gehabt: der Gedanke der Einheit alles Seienden, verknüpft mit dem der »Seelenwanderung«, die für mich kein Glaube, aber ein überaus fruchtbares, heiliges Bild ist.

Manchmal

Manchmal, wenn ein Vogel ruft
Oder ein Wind geht in den Zweigen
Oder ein Hund bellt im fernsten Gehöft,
Dann muß ich lange lauschen und schweigen.

Meine Seele flieht zurück,
Bis wo vor tausend vergessenen Jahren
Der Vogel und der wehende Wind
Mir ähnlich und meine Brüder waren.

Meine Seele wird ein Baum
Und ein Tier und ein Wolkenweben.
Verwandelt und fremd kehrt sie zurück
Und fragt mich. Wie soll ich Antwort geben?

Sie gehören einer Kirche und einer festgefügten Ordnung an, und ich bin ganz damit einverstanden, daß Sie in dieser Einordnung verbleiben und ihre großen Segnungen genießen …

Das Leben wird Sie von selbst in die Lage bringen, wo die Problematik auch der bestgefügten Ordnungen sich zeigt: Um ein aktuelles Beispiel zu nehmen: Sie könnten als Soldat eingezogen und ausgebildet und irgendeinem Feind gegenübergestellt werden. Dann werden Sie Ihren Priester, Ihre Kirche, Ihr Vaterland auf Ihrer Seite haben, wenn Sie den Feind totschießen. Sie werden zugleich aber das göttliche Verbot des Tötens gegen sich haben. Es wird dann Sache Ihres Gewissens sein, ob Sie die Gebote Gottes oder die der Kirche und des Vaterlandes befolgen sollen.

Sie rühmen dem Gott der Kirche nach, daß er dem Menschen eine klare, in der Praxis bewährbare Moral gebe. Die deutschen Pfarrer, die sich samt ihrem Gott zu Haufen Hitler an den Hals geworfen haben, zeigen das Gegenteil, und ebenso die italienischen Erzbischöfe, die Mussolinis Kriegsschiffe und Flugzeuge geweiht und gesegnet haben. Sie zeigen vielmehr: der Kirchengott und die Kirche schützen den Menschen, bis hinauf zu den höchsten Beamten der Kirche, vor den gröbsten moralischen Entgleisungen keineswegs.

Das Prinzip der Gewaltlosigkeit steht für mich obenan … Ich halte viel vom Ertragen und von der Geduld und allen passiven Tugenden und wenig vom Kämpfen. Meine lebenslängliche Opposition ist nicht die zu Gunsten eines realen Zieles, sondern die des Religiösen, der grundsätzlich und immer zur »Welt« im Gegensatz steht, und dem jede Partei, jedes Wirkenwollen auf andre gleich verdächtig ist. Ich stehe damit ziemlich allein, da meine »Religion« keine konfessionelle Färbung hat, sie ist im Lauf meines Lebens aus indischen, chinesischen, christlichen und jüdischen Quellen langsam zusammengeronnen.

Die christliche (zum Teil auch indische) Forderung dem Bösen nicht Widerstand zu leisten, sich ohne Gegenwehr umbringen zu lassen – diese Forderung darf jeder Einzelne an sich selber stellen, aber wohl nicht an andre. Die furchtbaren Entstellungen und Schiffbrüche, die der christliche Gedanke in der Weltgeschichte erfährt, kommen, wie ich glaube, alle daher, daß dieser Gedanke immer die Person, den Einzelnen, die einzelne Seele meint. Nur der Einzelne kann sich opfern, nur er kann im Kampf gegen die natürlichen Triebe das Unmögliche erreichen. Eine Gemeinschaft, ein Volk kann das nicht, die wollen nicht nach diesen rein idealen Regeln regiert sein, sondern mit Zugeständnissen und Anpassungen rein praktisch behandelt werden.

Darum ist die jüdische Ethik weit lebensnäher, die jüdische Forderung nach Rechenschaft weit praktisch-möglicher, sie hat als Ziel nicht ein Jenseits, sondern die möglichst anständige Regelung des menschlichen Alltags.

Ich teile nicht ein einziges der Ideale unsrer Zeit. Aber ich bin darum nicht glaubenslos. Ich glaube an Gesetze des Menschentums, die tausendjährig sind, und ich glaube, daß sie den ganzen Trubel unsrer Zeit überdauern werden.

Einen Weg zu zeigen, wie man die von mir für ewig gehaltenen Menschenideale festhalten und doch zugleich an die Ideale, Ziele und Tröstungen unsrer Zeit glauben könnte, das ist mir nicht möglich. Ich habe auch nicht die geringste Lust dazu. Dagegen habe ich mein Leben lang viele Wege versucht, auf denen man die Zeit überwinden und im Zeitlosen leben kann (diese Wege habe ich teils in spielerischer, teils in ernster Form häufig auch dargestellt).

Wenn ich nun auf junge Leser zum Beispiel des »Steppenwolfs« treffe, so finde ich sehr oft, daß sie alles in diesem Buch, was über den Irrsinn unsrer Zeit gesagt ist, sehr ernst nehmen, daß sie aber das, was mir tausendmal wichtiger ist, gar nicht sehen, jedenfalls nicht daran glauben. Es ist aber damit nichts getan, daß man Krieg, Technik, Geldrausch, Nationalismus etc. als minderwertig ankreidet. Man muß an Stelle der Zeitgötzen einen Glauben setzen können. Das habe ich stets getan, im »Steppenwolf« sind es Mozart und die Unsterblichen und das magische Theater, im »Demian« und im »Siddhartha« sind dieselben Werte mit andern Namen genannt.

Mit dem Glauben an das, was Siddhartha die Liebe nennt, und mit Harrys Glauben an die Unsterblichen kann man leben, dessen bin ich sicher. Man kann mit ihm nicht nur das Leben ertragen, sondern auch die Zeit überwinden.

Quellennachweise

9 *Über die Einheit:* Zitate aus H. Hesse, »Kurgast«. Geschrieben 1923. WA* 7, S. 61 f., 108 und 111 ff.

13 Zitat aus »Geist der Romantik« in H. Hesse, »Kleine Freuden«, Frankfurt am Main 1977, S. 202 ff.

15 Zitat aus einer Buchbesprechung in WA 12, S. 348 f.

16 Zitat aus »Ausgewählte Briefe«, Frankfurt am Main 1974, S. 433.

17 Zitate aus »Ausgewählte Briefe«, a.a.O., S. 307 und S. 267.

18 Zitat aus »Ausgewählte Briefe«, a.a.O., S. 285.

Bekenntnis: Geschrieben 1918. Aus H. Hesse, »Die Gedichte«, Frankfurt am Main 1977.

19 *Die Religion des alten Ägypten:* Geschrieben 1915. Rezension, siehe H. Hesse, »Die Welt im Buch«. Bd. 2. Frankfurt am Main 1998, S. 545 ff.

24 *In einer Sammlung ägyptischer Bildwerke:* Geschrieben 1913. Aus »Die Gedichte«, a.a.O.

26 *Legende vom indischen König:* Geschrieben 1907. Aus H. Hesse, »Legenden«, Frankfurt am Main 1975, S. 116 ff.

30 Zitat aus H. Hesse, »Siddhartha«. Geschrieben 1920-1922. WA 5, S. 462 f.

31 Zitate aus »Siddhartha«, WA 5, S. 465, 460 f. und 439.

Aus Indien und über Indien: Geschrieben 1925. Teildruck. Aus »Kleine Freuden«, a.a.O., S. 162 f.

34 *Uralte Buddha-Figur ...:* Geschrieben 1958. Aus »Die Gedichte«, a.a.O.

Zitate aus »Ausgewählte Briefe«, a.a.O., S. 473 und 172.

35 Zitat aus »Ausgewählte Briefe«, a.a.O., S. 526.

36 *Robert Aghion:* Geschrieben 1912. Aus H. Hesse, »Gesammelte Erzählungen«, Frankfurt am Main 1977.

78 Zitat aus »Ausgewählte Briefe«, a.a.O., S. 515.

79 Zitat aus »Gesammelte Briefe«, Bd. 3, S. 323.

Zitat aus »Gesammelte Briefe«, Bd. 2, S. 9.

* WA = H.-Hesse-Werkausgabe. Frankfurt am Main 1970. Dahinter die jeweilige Bandnummer mit Seitenverweis.

Zitat aus H. Hesse, »Demian«. Geschrieben 1917. WA 5, S. 110.
Zitat aus »Gesammelte Briefe«, Bd. 1, S. 468.
80 Zitat aus »Ausgewählte Briefe«, a.a.O., S. 465f.
81 Aus dem Manuskript einer unveröffentlichten Buchbesprechung.
82 *Harmonie von logischem und intuitivem Denken:* Aus Buchbesprechungen in WA 12, S. 20ff. und S. 23.
85 Aus einem unveröffentlichten Brief von 1946/47.
Erinnerung an Asien: Geschrieben 1914. Aus »Kleine Freuden«, a.a.O., S. 108ff.
89 Zitat aus »Gesammelte Briefe«, Bd. 2, S. 50f.
91 *Kirchen und Kapellen im Tessin:* Geschrieben 1920. Aus H. Hesse, »Die Kunst des Müßiggangs«, Frankfurt am Main 1973, S. 198ff.
92 *Spruch:* Geschrieben 1908. Aus »Die Gedichte«, a.a.O.
96 *Weg nach innen:* Geschrieben 1919. Aus »Die Gedichte«, a.a.O.
97 *Kapelle:* Aus H. Hesse, »Wanderung« (1920), WA 6, S. 157ff.
99 *Jeden Abend:* Geschrieben 1912. Aus »Die Gedichte«, a.a.O.
100 Zitat aus »Gesammelte Briefe«, Bd. 1, S. 264.
Zitat aus »Ausgewählte Briefe«, a.a.O., S. 221.
In der Nachtherberge: Aus »Die Gedichte«, a.a.O.
101 *Hinrichtung:* Geschrieben um 1908. Aus »Legenden«, a.a.O., S. 122f.
102 *Der Heiland:* Geschrieben 1940. Aus »Die Gedichte«, a.a.O.
103 *Worauf es ankommt:* Zitat aus »Ausgewählte Briefe«, a.a.O., S. 439ff.
105 *Orgelspiel:* Geschrieben 1937. Aus »Die Gedichte«, a.a.O.
111 Zitat aus »Ausgewählte Briefe«, a.a.O., S. 31ff.
112 Zitat aus einem unveröffentlichten Brief ca. 1931.
113 Zitat aus einem unveröffentlichten Brief von 1947.
Der Einsame an Gott: Geschrieben 1914. Aus »Die Gedichte«, a.a.O.
115 Zitat aus »Ausgewählte Briefe«, a.a.O., S. 332ff.
117 Zitat aus »Gesammelte Briefe«, Bd. 2, S. 93.
118 Zitate aus »Ausgewählte Briefe«, a.a.O., S. 421f. und S. 299ff.
120 *Moderne Versuche zu neuen Sinngebungen:* Geschrieben 1926. Aus »Kleine Freuden«, a.a.O., S. 181ff.

127 Zitat aus »Gesammelte Briefe«, Bd. 2, S. 409 f.
Teildruck aus »Chinesische Betrachtung«: Geschrieben 1921. WA 10, S. 68 f.

129 Teildruck aus »Chinesisches«. Geschrieben 1926. In »Kleine Freuden«, a. a. O., S. 176 f.

130 *Wir leben hin:* Geschrieben 1907. Aus »Die Gedichte«, a. a. O.

131 *Mein Glaube:* Geschrieben 1931. Aus »Betrachtungen«, WA 10, S. 70 ff.

136 *Besinnung:* Geschrieben 1933. Aus »Die Gedichte«, a. a. O.

137 *Ein Stückchen Theologie:* Geschrieben 1932. Aus »Betrachtungen«, WA 10, S. 74 ff.

152 *Zen:* Geschrieben 1960/61. Privatdruck, St. Gallen 1961. Teilabdrucke in »Die Gedichte«, a. a. O., und H. Hesse, »Briefe an Freunde«, Frankfurt am Main 1977, S. 233 ff. und S. 237 ff.

168 Zitat aus »Ausgewählte Briefe«, a. a. O., S. 137 f.

169 Zitat aus »Gesammelte Briefe«, Bd. 2, S. 52.

170 Zitate aus »Ausgewählte Briefe«, a. a. O., S. 389 f.
Zitate aus »Ausgewählte Briefe«, a. a. O., S. 275 und S. 467.

171 Zitat aus »Ausgewählte Briefe«, a. a. O., S. 513.

172 Zitate aus »Ausgewählte Briefe«, a. a. O., S. 523, 522.

173 Zitat aus »Ausgewählte Briefe«, a. a. O., S. 183 f., aus »Kurgast«, WA 7, S. 90.

174 Zitate aus »Ausgewählte Briefe«, a. a. O., S. 182, S. 455 und S. 43 f.
Zitat aus »Ausgewählte Briefe«, S. 534 f.

176 Zitat aus H. Hesse, »Die Morgenlandfahrt«. Geschrieben 1930/31. WA 8, S. 334.
Zitat aus »Gesammelte Briefe«, Bd. 2, S. 244.

177 Aus einer Buchbesprechung in WA 12, S. 286 f.
Zitate aus »Ausgewählte Briefe«, a. a. O., S. 144.
Zitat aus »Ausgewählte Briefe«, a. a. O., S. 176 f.

178 Zitate aus »Ausgewählte Briefe«, a. a. O., S. 170 f. und aus »Siddhartha«, WA 5, S. 464.

179 Zitate aus »Ausgewählte Briefe«, a. a. O., S. 254 und aus »Demian«, WA 5, S. 105.

180 Zitat aus »Ausgewählte Briefe«, a. a. O., S. 203 f.

181 Zitat aus H. Hesse, »Narziß und Goldmund«. Geschrieben 1927/29. WA 8, S. 286 und S. 37.

182 Zitate aus »Gesammelte Briefe«, Bd. 2, S. 48, aus »Narziß und Goldmund«, WA 8, S. 36.

183 Zitate aus »Ausgewählte Briefe«, a. a. O., S. 248 und S. 457.

Zitat aus WA 10, S. 547, und »Ausgewählte Briefe«, a. a. O., S. 319.

185 Zitat aus »Ausgewählte Briefe« a. a. O., S. 454 f.

Manchmal: Geschrieben 1906. Aus »Die Gedichte«, a. a. O.

186 Zitate aus »Ausgewählte Briefe«, a. a. O., S. 468 f. und S. 221.

187 Zitate aus »Gesammelte Briefe«, Bd. 2, S. 387 und aus »Ausgewählte Briefe«, a. a. O., S. 387 und S. 53.

Zu dieser Ausgabe

insel taschenbuch 2898: Der vorliegende Text folgt der Ausgabe: Hermann Hesse, »Die Einheit hinter den Gegensätzen«. Religionen und Mythen. Zusammengestellt von Volker Michels. © Suhrkamp Verlag Frankfurt am Main 1986. Umschlagabbildung: nach einem Aquarell von Hermann Hesse. © Heiner Hesse, Arcegno 2002.

Die Lesebücher im insel taschenbuch

Zusammengestellt von Volker Michels

Eigensinn macht Spaß
Individuation und Anpassung
it 2856. 192 Seiten

Jedem Anfang wohnt ein Zauber inne
Lebensstufen
it 2854. 208 Seiten

Das Leben bestehen
Krisis und Wandlung.
it 2858. 208 Seiten

Das Lied des Lebens
Die schönsten Gedichte
it 2859. 256 Seiten

Mit der Reife wird man immer jünger
Über das Alter
it 2857. 160 Seiten

Wer lieben kann, ist glücklich
Über die Liebe
it 2855. 224 Seiten

»Die Themenbände der Hesse-Lesebücher lassen keinen Bereich des Lebens unberücksichtigt: die Liebe, Rebellion und Anpassung, Krisen und Veränderungen, Religion und Mythen, Natur und Kunst.« *Südwest-Presse, Ulm*

NF 425/1/1.02

Hermann Hesse

Das Glasperlenspiel

Versuch einer Lebensbeschreibung
des Magister Ludi Josef Knecht
Sonderausgabe zum 125. Geburtstag 2002
576 Seiten. Gebunden

Mit seinem Alterswerk *Das Glasperlenspiel* hat Hermann Hesse in den Jahren 1930 bis 1942 eine Gegenwelt zum Zeitalter des Faschismus und zum kommerziellen Kulturbetrieb entworfen. »Es galt für mich«, schrieb er rückblickend, »einen geistigen Raum aufzubauen, in dem ich leben und atmen konnte. Allen Vergiftungen der Welt zum Trotz mußte ich das Reich des Geistes und der Seele als existent und und unüberwindlich sichtbar machen ... « Weil es für Hesse keinen Fortschritt gab ohne die Verwirklichung von Utopien, entwickelte er im *Glasperlenspiel* das Modell eines Erziehungssystems, das von staatlichem Dirigismus nicht beeinflußbar ist. Die in der Pädagogischen Provinz Kastalien entwickelte Technik des Glasperlenspiels zielt in eine interdisziplinäre Vernetzung von Kunst und Wissenschaft, Mathematik und Musik. Diese aktuelle, ebenso weit in die Zukunft wie in die Kulturgeschichte zurückblickende Synopse von abendländischem und asiatischem Denken verliert ihren utopischen Charakter am Beispiel der Biographie von Josef Knecht, der Kastalien in dem Augenblick verläßt, als es in Bürokratie und unsozialem Selbstzweck zu erstarren droht.

NF 429/1/1.02

NF 423/1/1.02

Literatur der Moderne im insel taschenbuch Eine Auswahl

Max Frisch

- Homo faber. Ein Bericht. Großdruck. it 2344. 298 Seiten
- Skizze eines Unglücks. Erzählungen aus dem Tagebuch 1966-1971. Großdruck. it 2391. 101 Seiten

Hermann Hesse

- Die Antwort bist Du selbst. Briefe an junge Menschen. Herausgegeben von Volker Michels. it 2583. 421 Seiten
- Bäume. Betrachtungen und Gedichte mit Fotografien. Zusammenstellung der Texte von Volker Michels. it 455. 140 Seiten
- Eigensinn macht Spaß. Individuation und Anpassung. Ein Lesebuch. Zusammengestellt von Volker Michels. it 2373. 275 Seiten
- Farbe ist Leben. Eine Auswahl seiner schönsten Aquarelle. Vorgestellt von Volker Michels. it 1810. 173 Seiten
- Franz von Assisi. Mit Fresken von Giotto und einem Essay von Fritz Wagner. it 1069. 128 Seiten
- Freude am Garten. Betrachtungen, Gedichte und Fotografien. Mit farbigen Abbildungen des Dichters. it 1329. 234 Seiten
- Gedichte des Malers. Zehn Gedichte mit farbigen Zeichnungen. it 893. 29 Seiten
- Jedem Anfang wohnt ein Zauber inne. Lebensstufen. Ein Lesebuch. Zusammengestellt von Volker Michels. it 2357. 281 Seiten
- Kurgast. Großdruck. it 2386. 240 Seiten
- Lebenszeiten. Ein Brevier, ediert von Siegfried Unseld. Mit Abbildungen und Dokumenten. Großdruck. it 2343. 290 Seiten

NF 25/1/8.00

- Luftreisen. Herausgegeben von Volker Michels. Mit zahlreichen Abbildungen. it 1604. 81 Seiten
- Magie der Farben. Aquarelle aus dem Tessin. Mit Betrachtungen und Gedichten zusammengestellt und mit einem Nachwort versehen von Volker Michels. it 482. 117 Seiten
- Mit der Reife wird man immer jünger. Betrachtungen und Gedichte über das Alter. Mit Fotografien von Martin Hesse. Herausgegeben von Volker Michels. Großdruck. it 2311. 191 Seiten
- Piktors Verwandlungen. Ein Liebesmärchen, vom Autor handgeschrieben und illustriert, mit ausgewählten Gedichten und einem Nachwort versehen von Volker Michels. it 122. 91 Seiten
- Schmetterlinge. Betrachtungen, Erzählungen, Gedichte. Zusammengestellt und mit einem Nachwort versehen von Volker Michels. it 385. 97 Seiten
- Tessin. Betrachtungen, Gedichte und Aquarelle. Herausgegeben und mit einem Nachwort versehen von Volker Michels. it 1494. 314 Seiten
- Vogel. Ein Märchen. Großdruck. it 2399. 80 Seiten
- Wanderung. Aufzeichnungen. Mit 14 Aquarellen. it 2354. 136 Seiten
- Wolken. Betrachtungen und Gedichte. Herausgegeben und mit einem Nachwort versehen von Volker Michels. Mit Bildern von Thomas Schmid. Großdruck. it 2367. 189 Seiten
- Wunder der Liebe. Liebesgedichte. Herausgegeben und mit einem Nachwort versehen von Volker Michels. it 2263. 125 Seiten
- Der Zwerg. Ein Märchen. Mit Illustrationen von Rolf Köhler. it 636. 72 Seiten

NF 25/2/8.00

Marie Luise Kaschnitz

- Beschreibung eines Dorfes. Fotografien von M. Grünwald. it 665. 66 Seiten
- Eisbären. Ausgewählte Erzählungen. it 4. 176 Seiten
- Elissa. Roman. it 1694. 188 Seiten
- Liebe beginnt. Roman. it 1603. 180 Seiten
- Liebesgeschichten. Ausgewählt von Elisabeth Borchers. it 2536. 155 Seiten
- Menschen und Dinge 1945. Zwölf Essays. Mit einem Nachwort von Karl Krolow. it 1710. 116 Seiten
- Mit Marie Luise Kaschnitz durch Rom. Herausgegeben von Iris Schnebel-Kaschnitz und Michael Marschall von Bieberstein. Mit Fotografien von Mario Clementi. it 2607. 196 Seiten
- Orte und Menschen. Aufzeichnungen. Mit einem Nachwort von Marcel Reich-Ranicki. it 1361. 176 Seiten
- Steht noch dahin. it 1729. 88 Seiten
- Tage, Tage, Jahre. Aufzeichnungen. it 1453. 365 Seiten
- Zwischen Immer und Nie. Gestalten und Themen der Dichtung. it 1527. 318 Seiten

Wolfgang Koeppen

- Die Erben von Salamis oder Die ernsten Griechen. Mit farbigen Fotografien. Großdruck. it 2401. 80 Seiten
- Reisen nach Frankreich. Mit farbigen Fotografien von Angelika Dacqmine. it 2218. 170 Seiten

Rainer Maria Rilke

- Erste Gedichte. Larenopfer. Traumgekrönt. Advent. it 1090. 167 Seiten
- Frühe Gedichte. it 878. 117 Seiten
- Gedichte aus den Jahren 1902 bis 1917. Illustriert von Max Slevogt. it 701. 236 Seiten
- Ausgesetzt auf den Bergen des Herzens. Gedichte aus den Jahren 1906 bis 1926. it 98. 206 Seiten

NF 25/3/8.00

- Gedichte aus den späten Jahren. Herausgegeben von Franz-Heinrich Hackel. it 1178. 139 Seiten
- »Und ist ein Fest geworden«. 33 Gedichte mit Interpretationen. Herausgegeben von Marcel Reich-Ranicki. it 2611. 155 Seiten
- Geschichten vom lieben Gott. Mit Illustrationen von E. R. Weiß. it 43. 109 Seiten
- Die Letzten. Im Gespräch. Der Liebende. it 935. 76 Seiten
- Die Erzählungen. it 1717. 434 Seiten
- Worpswede. Fritz Mackensen. Otto Modersohn. Fritz Overbeck. Hans am Ende. Heinrich Vogeler. Mit zahlreichen Abbildungen und Farbtafeln im Text. it 1011. 236 Seiten
- Auguste Rodin. Mit sechsundneunzig Abbildungen. it 766. 143 Seiten
- Briefe über Cézanne. Herausgegeben von Clara Rilke. Besorgt und mit einem Nachwort versehen von Heinrich Wiegand Petzet. Mit siebzehn farbigen Abbildungen. it 672. 140 Seiten
- Über moderne Malerei. Herausgegeben von Martina Krießbach-Thomasberger. Mit zahlreichen farbigen Abbildungen. it 2546. 182 Seiten
- Das Florenzer Tagebuch. Herausgegeben von Ruth Sieber-Rilke und Carl Sieber. it 1597. 116 Seiten
- Die Liebenden. Die Liebe der Magdalena. Portugiesische Briefe. Die Sonette der Louïze Labé. Großdruck. it 2366. 126 Seiten
- Reise nach Ägypten. Briefe, Gedichte, Notizen. Herausgegeben von Horst Nalewski. it 2699. 120 Seiten

Rainer Maria Rilke/Lou Andreas-Salomé. Briefwechsel. Erweiterte Ausgabe. it 1217. 647 Seiten

NF 25/4/8.00

Mit Rilke durch die Provence. Herausgegeben von Irina Frowen. Mit farbigen Fotografien von Constantin Beyer. it 2148. 126 Seiten

Rilke für Gestreßte. Ausgewählt von Vera Hauschild. it 2191. 100 Seiten

Hertha Koenig. ›Erinnerungen an Rainer Maria Rilke‹ und ›Rilkes Mutter‹. Mit Abbildungen. Herausgegeben von Joachim W. Storck. it 2607. 140 Seiten

NF 25/5/8.00

»Durch das Jahr«

Anthologien
im insel taschenbuch

Die Rose. Herausgegeben von Beatrix Müller-Kampel. Mit farbigen Fotografien. it 2619. 179 Seiten

Frische Feigen. Ein literarischer Früchtekorb. Gepflückt von Hans Ulrich Hirschfelder. it 2646. 192 Seiten

Frohe Ostern. Geschichten und Gedichte. Herausgegeben von Franz-Heinrich Hackel. Großdruck. it 2372. 214 Seiten

Ostern in Rom. Herausgegeben von Stefan Janson. it 2596. 234 Seiten

Das Frühlingsbuch. Gedichte und Prosa. Herausgegeben von Hans Bender und Nikolaus Wolter. it 914. 238 Seiten

Das Sommerbuch. Gedichte und Prosa. Herausgegeben von Hans Bender. it 847. 230 Seiten

Das Herbstbuch. Gedichte und Prosa. Herausgegeben von Hans Bender. it 657. 262 Seiten

Das Winterbuch. Gedichte und Prosa. Herausgegeben von Hans Bender und Hans Georg Schwank. it 728. 252 Seiten

Das Gartenbuch. Gedichte und Prosa. Ausgewählt von Hans Bender. Mit farbigen Fotografien. it 1803. 273 Seiten

Lektüre im Garten. Ausgewählt von Franz-Heinrich Hackel. it 1967. 290 Seiten

NF 17/1/5.02

Meine erste Reise. Sechzehn wahre Geschichten. Herausgegeben von Hans Scherer. it 2196. 197 Seiten

Sommerliebe. Zärtliche Geschichten für den Reisekoffer, gepackt von Franz-Heinrich Hackel. it 1596. 350 Seiten

Warum in die Ferne? Das Lesebuch für Daheimgebliebene. Ausgewählt von Hans Christian Kosler. it 2832. 200 Seiten

Schwimmen. Texte und Bilder. Herausgegeben von Gisela Linder. it 2523. 140 Seiten

Narrenzeit. Geschichten und Bilder von argen Schelmen, seltsamen Käuzen und buntscheckigem Volk. Herausgegeben von Walter Gerlach. it 2274. 271 Seiten

Das Regenbuch. Herausgegeben von Simone Frieling. it 2579. 215 Seiten

Die Sonne. Das Lesebuch für Sommertage. Ausgewählt von Simone Frieling. it 2831. 230 Seiten

Wolken. Gedanken des Himmels. Gedichte, Prosa und farbige Bilder. Ausgewählt von Charitas Jenny-Ebeling. it 1871. 246 Seiten

NF 17/2/5.02